鲁瑾 著

Nuan nan

暖男

北京联合出版公司
Beijing United Publishing Co.,Ltd.

图书在版编目（CIP）数据

暖男 / 鲁瑾著. — 北京：北京联合出版公司，2014.10

ISBN 978-7-5502-3749-0

Ⅰ. ①暖… Ⅱ. ①鲁… Ⅲ. ①随笔－作品集－中国－当代 Ⅳ. ①I267.1

中国版本图书馆CIP数据核字（2014）第218817号

暖　男

作　　者：鲁　瑾
选题策划：北京磨铁图书有限公司
责任编辑：喻　静
版式设计：冉　冉

北京联合出版公司出版
（北京市西城区德外大街83号楼9层　100088）
北京京都六环印刷厂印刷　新华书店经销
字数：151千字　700毫米×980毫米　1/32　印张：8
2014年10月第1版　2014年10月第1次印刷
ISBN：978-7-5502-3749-0
定价：32.80元

目 录

CONTENTS

靠谱 贰

KAO PU

较真 叁

JIAO ZHEN

看见 肆

KAN JIAN

推荐序　真实的可贵

那是一个百无聊赖的周五，小区的流浪猫伸着懒腰，报刊亭的老板们眼神呆滞。天气实在太热了，一切看上去似乎都无精打采。

然而有些东西正在暗流涌动。在一趟上海飞往赫尔辛基的飞机上，我的好朋友，鲁瑾，正盖着薄毯打着盹。她完全不知道，她已经毫无征兆地，忽然间红了。

其实在我们圈内，鲁瑾一直是个红人。她算是小受争议的一个人物，喜欢她的人死心塌地，比如我；不待见她的人也不少，认为她太过尖锐。他们并不知道，她的尖锐，其实是出于原则，而这也是她弥足珍贵的原因之一。在这个社会，能坚持原则的人实在太少了。

2013年初，我们杂志改版，推出专栏栏目。我第一个便想到了鲁瑾。她并不是严格意义上的专栏作家，只是很多年前，我在一家日报工作时，曾让她给我写过一些情感类的文字，她敢爱敢恨敢言。很快她就发来第一篇稿件。这个稿件并未收入这本书里，在那篇名为《前任都是极品》的文章中，她认为很多女人对前任都有一些理所当然感，可是过去的就过去了，让前尘往事都随风散了吧。观点当然是好的，但那篇文章中，她很认真地举了一个网络红人的例子。这红人也恰是我的好友之一，只是她们并不相熟。红人当即在微博进行了反讽式回击。我很乐意看到两个智慧女人间的针锋相对，准备搬个板凳坐看好戏，最后再贱兮兮地当把和事佬。只是我板凳还未买呢，她们早已握手言和。鲁瑾在听了对方以及亲友团不算友好的反击后，当众道了歉，认为自己举错了例子曲解了其意。她就是这样，对的她坚持，错的马上改正。

我常觉得，像鲁瑾这样的好友，100个都不嫌多，因为和她相处，你永远可以处在一个很舒服的状态。大多女人其实是很难捉摸的，她脸上笑着你却猜不透她内心所想，她嘴上叫你亲爱的但你知道有隔阂，你永远不清楚其背后是否藏着一个巨大黑洞。可她不是，她太真实，把所有高兴与不高兴都写在脸上，她不愿意去做的你怎么也叫不动，但如果她做了，那就尽量做到最好。你根本不用去猜她，所以每次聚会吃饭，我大口喝酒大块吃肉，完全不管边上这个滴酒不沾的无趣女人正在做些什么。反正她也不会要求你为她做什么。

我曾写过一篇文章，表达了这样的观点：“寻求最适合自己的半径，找到一种最舒服的状态。我常觉得每个人只要把自己照料好了，不去算计别人，这个社会就坏不到哪里去。找些简单的人、事物及爱好，并睡足觉，即可。”

我觉得这亦是鲁瑾的写照。她在自己的世界里无公害地嘚瑟着，常常发一些自拍照，周末 po 一些美食，因为学的是哲学，又对事实、逻辑与论证有着一些小强迫症，她对那些不经分析就乱批评的人说关你屁事。是的，这世界只要不伤害别人，自己活成什么样完全由自己做主。

我曾想和那些所谓的“好心人”一样，好好找她聊聊。因为她一点都不懂得收敛，比如这次一夜爆红，她从未掩饰自己的开心。她说，咦，还蛮刺激的。然后每天继续在网上跟人讲事实摆道理。这事要是发生在我身上，我一定会拿出奥斯卡最佳女主角的演技：哎呀，承蒙大家厚爱啦，嘤嘤嘤。谦虚得一塌糊涂。她一点儿都不懂得，嘚瑟这事儿，是会引起公愤的，也更容易受到伤害。

可掐指一算，我们已经认识十几年了，我却还没说出口。如今，我也不打算讲了，因为这么多年过去了，她居然还没被口水喷垮，永远一副自得其乐的满血模样。我不知道是我把这个世界想坏了，还是她真的太强大了。

鲁瑾红了之后，很多影响力远大于我们的媒体邀请她写专栏。她接这些活本也无可厚非。但她没有。她说，我一周只有时间写一篇呀，所以一定得先给《行周末》写。在她看来，她在专栏界还未站住脚跟时，我们义无反顾地将她的文章放在栏目第一篇，没有我们就没有她的今天，她不能过河拆桥。为了抢点功劳，我始终没有否定这个论调，尽管有些心虚，可当伯乐的滋味实在不错。但其实那篇文章是放在她自己公号里红的，我也并非因为交情才一直让她独霸头位，而是相对于市面上很多风花雪月无关痛痒的文字，这些有关人性宽度的文章实在太珍贵了。而我，也一直希望读者能和她一样，活得那么漂亮与自在。那天她在电话那头一如往常咯咯咯地笑，我说，好姐妹，够义气。她说，我们一起进步啊。

在虚伪世界里，我们没法不戴着面具，装成别人喜欢的样子。而遇见鲁瑾后，我觉得这句话完全是扯淡。

徐小芳

《行周末》执行主编

嘿嘿，鸡汤

HEI HEI, JI TANG

一直很羡慕一夜成名的人，但作为一个典型的摩羯座，从来没想过这样的好事会落到自己头上。所以，当《暖男》的阅读量以几何级数上升时，我最大的感受是不敢相信。但人对好事的适应能力是很强的，我很快飘飘然，快乐地跳进冰岛被黑色火山岩包围的蓝湖温泉，对每一个人微笑。当时我正在北欧旅游。

不过很快，在网络传播的评论和分析文字中，我被当成缺少自我成长能量，等待男人爱护和安慰的幼稚贪心的女人典型，在铁骨铮铮目光凌厉的现代女性丛林里，是一个被唾弃的噘着嘴的芭比娃娃形象。沉默的大多数人都是在传阅中交流和男人交往的心得，少部分言辞犀利的话语者争论着各种主义，及女人咬紧牙关不期望男人的重要的意义。这个时代，楚楚可怜、泫然欲涕、小鸟依人都是负面词汇，男人没耐心，女人没心情。

如果这时，我一个将近 47 岁高龄的中年妇女诚恳而幽幽地来一句：我喜欢琼瑶哎……不知道会不会被意味深长的眼神扫射至死。但我还是要冒着枪林弹雨说一声，我们在精神上曾经受过琼瑶阿姨的恩惠，不要过河拆桥，和她划清界限，以显示自己的强大。我们内心对情感的渴望和对异性的期望，不会因为我们长成了女汉子而改变。真正的强大不是把自己伪装成不要什么，而是更深地了解自己，自由地表达，自在地去争取。

了解自己真是一个漫长的过程。大学时，一起玩的同学中有一个北京来的女生，几乎是我的偶像。她漂亮、大方、自信、风情万种，我觉得这样的女生是搞得定任何男生的。同学聚会的时候，她会自然地夹一支烟，拿烟的动作和吐圈的样子都很优雅。漂亮一下子达不到，那时也还没整容这回事，风情万种也不是看图可以学会的，能操作的就是学着抽烟。拿上烟就觉得自己进入了风情江湖，不再是矮小木讷容易被忽略的笨书妞。我很彻底地认为抽烟就要来真的，只接别人的烟表示你不是个真诚的烟民，为了表示抽烟是自己真实的生活方式，我从每月 50 元的生活费里省钱买烟。我不吃大排不吃肉圆而是买了烟来抽，结果把自己呛个半死。我一点儿都不喜欢烟的味道，但在青春期我多么需要委身于一种价值，一个标签，让自己壮胆啊！

很多年以后，电视台讨论过女性抽烟的事，问我：女人为什么要抽烟？是压力大，是苦闷时的以毒攻毒吧。我那时已经不抽烟了，我万分阳光地说：压力和苦闷都有更好的解决方式，比如你可以去健身，去跑步，去游泳，累个半死然后倒头就睡，一觉睡醒可能就好了。说完这些话，我觉得自己的三观已经变得很正了。

我相信成熟是更诚实、更清楚地看世界和看自己，这就是成长的过程吧。

记不得是哪一年，上中学还是上大学时看过一个电视剧，伤痕文学时期的戏。具体内容记不清了，只知道女主角是在无奈的大背景下嫁给丈夫的，和丈夫没感情，也没共同语言。她经常在家里发呆，想着自己的事，整夜整夜地睡不着。有一天晚上，睡着的丈夫翻身把手搭在她身上，正在抽烟的她很酷地把燃着的烟头按在他手背上，丈夫惊醒跳了起来。起来以后迷惑地看着她，并没有出现家暴之类的事。剧本的同情都在女主角身上，那时看问题没想那么多，配角都是道具，主角再过分也是被逼的，不会去想那个丈夫作为个体的被伤害。

我们总是主角代入，爱恨情仇都是自己的立场。

我上中学时，有个女生H嘴很碎，喜欢传播是非，挑拨离间，出口伤人什么的。好几个被她说的女生都很恨她，包括我，总想有机会教训一下她。女生中有个汉子，一天课间她把H叫到黑板前，两人理论了两句。她好像在犹豫什么，略微有些颤抖。突然，她手扬起，打了H两个耳光。我在座位上很细致地看到了这一场，心里有一种报仇的快感。H在女汉子的攻势下，完全没有反抗，于围观中回到了自己的座位。我不知道为什么到现在我都记得这件事，情绪变得很复杂。那个H家里情况不好，父母不和，家里也很穷。她头发黄黄的，歌唱得不错，但人长得很一般。我不知道大庭广众之下的那个耳光会有多少侮辱的阴影在她心底留存，会增加多少自卑和愤怒，在以后的日子里伤人伤己。

我们本能地喜欢快意恩仇，总也学不会悲悯和宽恕，宽恕别人也宽恕自己。所以我们都很容易站队，骂土豪，骂屌丝，骂装逼范儿，骂粗人，骂凤凰男，骂富二代，骂包租婆，骂绿茶婊。骂到后来恍惚起来：那自己是什么呢？是哪一种呢？自己在所有被骂的人之外吗？

在两性关系里，有一些案例注定会被骂成粉末，类似我的朋友蓝的经历。她和丈夫默默无言很多年，不知道是不是因为女强男弱造成的压力，性生活也无法完成。她想和他沟通，把信塞到枕头下他也不读。女儿长大后两人终于下决心离了婚。

后来遇到一个小她 6 岁的男人，在另一个城市有自己的企业，当然已经成家。为了和他在一起，她辞掉了高薪的工作，去了那个城市，在他的企业工作，和他及他老婆同桌吃饭，自己住在酒店。他老婆比蓝年轻很多，美丽忍让，后来当然也因着她的存在而抑郁。作为朋友，我当然是不赞成她这么做的。离开杭州前，我劝她不要去短兵相接，最多遥遥相望好了，起码不要辞掉工作。对感情大家都不敢寄予太多期望的嘛，我怕她失去所有。但她还是去了。这在主流道德上当然是个反面例子，拿到台面上说会被乱棍打死。但说实话在内心里我相当理解她。有的人缺钱，有的人缺爱，从年轻到现在，和一个不自信的男人混了十几年，她只是想抓住灿烂。两年后她结束一切回来了，我不会说：你看，被我说着了吧。我觉得她一切完好，享受了一段华彩，没有执着地求结果，公平地评价事件中的每个人，没有愤怒和怨尤。当然道德层面的讨论是另一个话题，我是在讲人性。如果光讲道德，哪有这么多电影好拍，那么多小说好写？在很多关系里面，有矛盾，有冲突，但没有坏人。

对人性多点理解没什么坏处，它会让你绝处逢生。我还有一个奇葩朋友，开同学会遇到了学校里她暗恋的对象，一下子又掉进去了。虽然还没做什么太严重的事，但她认为自己已经出轨了。她对出轨并没有道德上的自虐，反而认为是一件幸运的事：多好！年轻的时候没抓住、没释放的情感，现在终于有了一个机会！回家傻乎乎地跟老公说：老公，我有外遇了……她老公比较成熟，也习惯了整天唐诗宋词的老婆半梦半醒的精神状态，所以就纵容地说：可以成为朋友，不过不要违章。

朋友的老公是男人中的极品。老婆发了一些违章短信给外遇，被外遇的老婆发现，原样发给朋友的老公。彼时她老公正在外面和客户或者朋友吃饭，一块牛筋正往嘴里送，接下来就不知道吃什么了，只觉得浑身汗毛都竖起来，第一感觉是：儿子要失去妈妈了。

不过回家时他已经冷静了，他真是觉得老婆的短信有点肉麻，肉麻到有点可笑。他当着老婆的面删了短信，说：你们俩是没长大，他老婆是小题大做。

自此老公大获全胜，这种气度和自信，不是一般男人能做得到的。

写到这里我估计又会被骂，怎么你选的案例都那么不正面啊……说实话，我也认为即使结婚了人也应该有机会释放自己可能遭遇的情感，可是将心比心，我们大概只愿意自己有机会，却断断不会给对方同样的机会。所以男人女人斗了几千年最后讲和：谁也没机会吧，成交！

有些夫妻讨论过类似的问题，答案是：一切都是可以理解的啊，但是不能发生的啊……

可是万一发生了呢？我们怎样渡过难关？我还有一个朋

友，丈夫用她婚前的房子抵押贷款做生意，全部赔光，而后又有了外遇。她失去了房子也失去了婚姻，我们几个朋友几乎想冲上去杀人。但她轻轻地就放他走了。她觉得丈夫的人生有很多失败的地方，对一个敏感自尊的文人来说，这种失败已经够折磨他一辈子了。她对他怀有悲悯心。

这种悲悯心是鸡汤吗？如果是，就喝点吧。

暖男 壹

NUAN NAN

chapter

01

暖男

周迅穿着婚纱，在杭州的舞台上迎出了她的Archie。我们对这个基本不会国语的好莱坞美籍华人并不了解，不知道这个看上去只有一米七的男人如何俘获她的心的。后来看到一篇周迅的访谈，说拍雨戏的日子，Archie总会拿一条干爽的大浴巾等在摄像机后面，一听到“cut”就快步上前把周迅像裹小猫一样包起来，周迅也会很配合地蹭一蹭，甩甩发梢的水珠。

在她近40岁的时候，选择了暖男。

女文青大概都有作死的爱才子的阶段吧，被对方的文字、思想、歌曲所打动，不顾一切地爱过去，母性大发，承受着和才华相伴的自我、阴沉、冷漠和不可理喻。女人基本是在很年轻的时候才爱得动才子，那时给自己下迷药比较容易，觉得对才华的仰慕可以超越生活中所有的血泪。终有一天，当另一个男人把眼光聚焦在你身上，把你看得比他自己重要的时候，就有一种圣母时代可以结束的感觉。

李敖经常找林青霞的碴儿，最近林青霞60岁生日，收到丈夫邢李源超10亿的豪宅，他又评论："林青霞嫁给了一个一身铜臭的丈夫，真可惜啊。"他一个连接吻都不会的男人懂个屁啊（前妻吴茵梦曝料李敖脸直直地对过去，快把鼻子压扁了）！林青霞是被邢李源从香港打飞的送到上海的饭菜感动的好吗，送房送什么的都是后面的事。很多有钱的人没暖男的特质怎么追得到女神？还真以为女神缺钱啊？林青霞爱了秦汉N年，花样爷爷不冷不热不主动不拒绝地吊着，人家都40了，这不明摆着给暖男机会吗！

暖男的好处是他不会让你的爱只靠自己的想象力，他会做得很具体。他会关注你，懂得和理解你的需要。他知道你需要被心疼，被关注，需要知道你是他重要的部分的那种安全感。陈红和陈凯歌在一起多年，采访时最愿意说的一件事是有一个冬天，陈红洗完澡，赤脚跑到楼下听丈夫和剧组人员讨论剧本，陈凯歌忽然对陈红说："红红，你把袜子穿上，会感冒的。"他在你已经习惯了独立的时候把你当成孩子，是一辈子都忘不了的暖意。

女人想要的安全感不仅是金钱上的保障，现在很多女人，自己赚钱买花戴，最需要的是情感上的支持。所以《爸爸去哪儿》里，会烧菜的张亮火了，佟大为、黄磊甚至黄海波，扮演的暖男都是收视保证啊，女人太需要安慰了。中国男人中很大一批都超理智的，避免情感卷入，因为太多情感投入会降低效率，他们喜欢说的话是：我在打仗啊，怎么能老想着女人呢！一旦为女人多花点心思，周围的人会说：为一个女人值得吗？

他奶奶的，怎么就不值得了？除了一个手机号码，对方完全不知道你身在何处，在干什么，开心不分享，痛苦不分担，这么自顾自地活着，有意思吗？

人生苦短，我们衰老时能记住的画面应该是：冬天的早晨塞到你手套里保温的三明治，流泪时把你抱在怀里的温度，以及你做出一项成绩时及时向你表达的爱惜。

chapter

02

标签太多，真情太少（《暖男》续篇）

《暖男》爆红确实没想到，要不然，我怎么着也不去北欧旅行了，一定要趁热在国内接受各种采访，洽谈各种出版活动合作，享受一下红的滋味……这种不经意未经策划的被认同是人生最天然快意的事吧，没有谨慎观望的过程，是完全天真的享受。7 月 25 日通过我节目的微信公众平台“鲁瑾脱口秀”推送，26 日晚在南京好久不见的高中班花跟我说：你的文章南京的微信群都在转，然后各地的朋友们也都纷纷发来贺电。27 日下午我去浦东机场的路上，在腾讯工作过的一个妹妹说：《暖男》的阅读量超过了 100 万，这是一个神级数字。我无法免俗地亢奋了，度过了 11 个小时没网络的飞行，一到赫尔辛基，打开手机，发现已经超过了 300 万。到现在为止，不算其他公众号的自发推送，光“鲁瑾脱口秀”推送的阅读量已经近 700 万。谢谢大家看了我的文字，喜欢或者批评都说明它触动了兴奋点。

后来陆续出来一些批评文字，有男作者也有女作者。男作者的意思主要是女人都是功利的，男人没钱，再暖也没用。然后是：你让我们做暖男，你也不看看你们是不是长得像周迅林青霞。再然后是：暖男是青春已逝之后的女人的势利，管他妈我爱不爱他，他可不可爱，只要好用就行。那种轻蔑好像暖男只是暖手的物件，只有他这样嘴角冒着冷气才有浑蛋般四射的魅力。写这些文字的男人们不知道，他们写的这些内容所折射出的内心是女人非常不喜欢的，虽然把文字写得花里胡哨，但依然是以年龄和姿色来区分女人的物种，并且是那种付出点儿暖意就要算计半天的人。现在很多女人的境界要比他们高多了，女人单相思时都敢咬着牙说：我爱你与你无关，保持着血色玫瑰的自尊和对情感的诗意。

穷小子再暖也追不到女神这种事确实每天都在发生，但丑小鸭的伤感不是男人才有，女人也有，爱的阶梯永远存在，不能认为你穷小子没追到或者不敢追白富美，就咬牙切齿地认为暖是没价值的，这才是功利啊。你追不到白富美，怎么就不能去成为你的灰姑娘的暖男啊！当你这么算计付出的一点儿温暖的时候，你不仅是物质上的屌丝，精神上也是屌丝。因为你仇恨着暖，你不能承受也没有心灵的高度来化解自己的不顺，对自己的人生有着心比天高命比纸薄的哀号。再说你是不是除了没钱什么都有了呢？你是学霸吗？你没有对上点头哈腰对下颐指气使吗？你经常给父母打电话吗？你做过义工吗？你乱扔垃圾吗？你运动吗？你有腹肌吗？人与人，确实有钱的区别，但钱以外的区别也是很大的，别什么都推给钱。

批评《暖男》的女作者貌似都是冰雪聪明的女汉子，她们对女性有着自我反思精神，而她们自己则是自我反思后涅槃重生的那一类。她们觉得相信并追捧《暖男》这篇文字的女人傻得好哄又可怜，而且暴露了自私无能的本性。她们和男批评者一样也责问要暖男的女人自己有几斤几两，有花容月貌吗？有当红名气吗？还认为暖男是这些可怜的女人的意淫，几乎和拜金一样势利，是更深意义的懒惰和无知。肉体精神不能自理，却理直气壮地要求一个男人来接盘，代表了一种农耕时代女性梦想在当代的深层发酵……真把我吓坏了。铁骨铮铮地掉书袋确实是能吓到一批人的，就像以前给女人洗脑：女人小脚才好看，温顺地都去敲了脚骨；现在给小知识分子洗脑：女人的梦想在更大的世界，不要指望男人，小知识分子们纷纷觉得男人没什么好沟通的，老娘顶天立地地站在人世间，和男人合则聚不合则散……都是女英雄啊……但在我看来，人世间是有公理的，除了两点之间直线最短以外，人对内心情感的丰富感知永远真实地存在着，你再沧桑也会喜欢冬天有人把你的手放到他手里，有人拿大毛巾为你擦头发，你不喜欢吗？像个孩子？像个孩子不行吗？在男女关系里，大家享受的不就是一会儿母亲一会儿孩子一会儿父亲一会儿弟弟吗！调情懂不懂啊！否认内心的真实感受并不说明你的独立和强悍，只说明了你主义和标签多到不敢面对自己，或者，总以为自己强大到能超越所有的庸常。而在我看来，在庸常中付出和得到是人生的课程，只有千疮百孔又对生活不敢指望的人才以铁骨盔甲示人。那些清冷的话：女人不能指望暖男要靠自己，谁不知道啊，你们这才是鸡汤啊，不引导女人男人寻求彼此的理解和默契，而对男女关系怀着非黑即白的情绪，根本是一种可怜的逃避。

另外值得一提的是男女批评者齐刷刷地怀疑我的智商，我觉得没打到七寸上。你们应该攻击我的情商，这个可大可小指标比较模糊，至于智商，虽然成绩好也可能高分低能，但一个重点高中的高考状元，低也低不到哪里去，对吧？

你们继续高冷地谈农耕文化吧，前两周我在北欧旅行，西餐吃恶心了，所以暖男要带我去吃水煮鱼了。

chapter

03

好好调个情吧

前段时间，有一个帖子很火：《中国男人配不上中国女人》。大街上放眼看去，中国女人，从打工妹到白领丽人，个个有型有款，至少穿着得体、顺眼、双眸有光。男的，打工仔面皮灰黄，头发干枯；“白领男人”则歪身佝背、睡眼惺忪，萎靡不振。中国男人从打扮到精神气都不行。男人们看了这个帖子很不爽，悲凉地说：我抱起砖头就无法抱你，放下砖头就无法养你。

这句话我看了都要哭了，为苦逼的男人。但事实上这不是问题的核心部分。就像不能把抢劫完全归因于穷，不能把出轨归结于对方的丑一样，男人的邋遢不能完全归结于社会的压力和无法解脱的劳累。很简单，在职场，女人也一样劳累，流水线上有女工，谈判桌上有玫瑰。布衣有布衣的整洁，卑微有卑微的体面，周星驰跑个龙套还要钻研演员的修养，刑场上还有婚礼呢。很大一部分男人在自我塑造、心理建设和对待两性关系上对自己要求是不高的。

这和传统文化对男性角色的认定有些关系，古往今来一直是女色的时代嘛，男人们要考虑赚钱立业大事，女人嘛，你只要洗白白，在床上等就好，千万别来要求我练好肌肉给你前戏。他们没意识到现在很多女人嘴上天天挂着“小鲜肉”了，“来，转过去，让姐看看屁股”虽然比较夸张，但女人对男人的感觉肯定不会停留在“无不良嗜好”。男人如果精神状态不佳，和女人没有贴切敏感的交流，也许还比不上按摩棒。

我没有和外国男人深度交往过，但在明面上，他们基本能表现出放松、阳光、有礼、谦逊的一面，和他们说话时，他们的眼睛会一直看着你。看外国影视剧，男女之间打电话，开头是哈尼，最后一句话基本是我爱你。就这两点已经让中国女人羡慕不已了。写这篇文章前，听到一个同事给她老公打电话，语气卿卿我我，突然电话就断了，她撒娇的脸马上阴了下来：她最后一个字还没收音，对方已经挂了电话。还有一次某同学给男朋友打电话，热恋中嘛，也没什么事，腻歪腻歪。男朋友大概在忙，心不在焉地应付一句就挂了。她很不爽，又打过去腻歪，男友说：烦着呢，别吵了！“别吵了”，这话让她鼻青脸肿。

如果男朋友说：哈尼，我现在在开会，一会儿打给你，乖！相信女人会马上挂断电话，充分理解他，心里不会有任何阴影。男人们在解释这些事情的时候通常说女人太作，就喜欢些不实际不靠谱的，他们认为自己只要忙于工作，任何表现都天经地义地该被谅解。但事实上，人的一切敏感都该被尊重。酒桌上碰杯的礼仪是把自己的杯子放得比别人低，电话让对方先挂亦是情绪上的爱护。我曾经跟一个男人说，男女交往的基本准则中包含一条：男人不要先挂电话。他倔强地说：在我这儿没有这条！得，交流不下去了，半嗔半怪的调情变成了辩论。

我不觉得这些细碎是可以随意忽略的，它们体现着交往的质量。有趣的关系是来来往往你一掌我一拍，在共同的价值认定里完成心灵的抚摸，调情调得好总是渐入佳境，调得不好么就噎在半空中，比不调还要难受。

配不配得上是很难听的话，但男人和女人，都有学习和提升空间是一定的。我不知道男人想对女人说什么，女人很多时候只想大喊：我想互相有兴趣好好地调个情，有错吗！

chapter

04

善良的视角

胡紫薇写了一篇红文《你看她来势汹汹……》，说邓文迪离婚后“这张脸和眉宇间展露出来丝毫不加掩饰的怨怼、凉薄和不开心”。说“一个人过了40岁，必须为自己那张脸负责了。因为相由心生，因为他的容貌就是他灵魂的样子”。文章好长，都在说邓的杀气、嗔恨，以及她实质上作为女性的失败。胡紫薇像个看相的，凭着邓和默多克离婚从法院出来的那张照片，就做了板上钉钉的诠释。

这和邓默离婚照片出来时那些唯恐天下不乱的言论的解释是一样的，大家都是“你也有今天”的心情。那天邓文迪是有些憔悴，但我的感受是她挺真实的，无论如何她是一个被动离婚的人，不开心很正常，她没像那些会装的，知道记者候在那儿，头发理理好，停下来故作镇静说些“I’m OK”的套话。胡紫薇在这方面比邓强点，2007年她因丈夫外遇冲进中央台体育频道的新闻发布会，嘴上说着“大国，价值观输出”之类的大词，消解怨妇形象。我这么说也觉得自己不厚道，当时，作为女性，我是很心疼她的，小道消息说当时她的工作事业也出现了波折，这么要强的一人，事业和爱情双重搁置，她以同归于尽的姿态冲出去，但还是说些大词维持体面。大家都是名人，闹成这样，我们都以为他们没后来了，可是胡紫薇和名人丈夫经此一役居然奇迹般和好。所以，我以为，胡同学应该对人生的复杂性有足够的理解力。邓文迪离婚不说明她对这段婚姻的追求没价值，她也不是个受害者，所以胡紫薇这次对邓文迪的解读看上去机灵，但实质不善良也失却水准。

2006年，台湾有个女作家路平，写了篇文章《浪漫不浪漫》来评价杨振宁和翁帆的结合。文中说“老少配悲哀的真相是眼前飞着细小的蚊子，视网膜有破洞，膝盖头也嗖嗖地风湿骨刺，睡到夜晚有欲尿的感觉，站着，憋气，却又像滴漏一样迟迟出不来”，还用了“老兽”这个词。这篇文章的支持者认为两人的婚姻一个是用名望地位占有年轻女子，一个是卖身求荣。一个个都站在真相帝道德帝的高度。后来杨和翁回应：在我们看起来，整篇文章缺少的是阳光、是希望、是同情、是爱。我很认同他们的角度。成年人，决定一段人生，十指相扣互相扶持，你凭什么怀疑人家的相濡以沫？难道世上只有同年同月同日死才是真正的感情？

十几年前，我一同事某个下午很羞赧地出现在办公室，问我："我有什么变化？"我说看不出来啊……然后她不好意思地说："我垫了一下鼻梁。"这时，办公室进来另一个同事，听到对话，用播音员的大嗓门叫：啊！看上去很奇怪，都不像你了，不好看！天地良心，这鼻梁垫得无比节制，要相当熟悉才会感觉到变化。不知道大嗓门为什么会从门口一眼看到就发现，并且一惊一乍。

答案只有一个：理解别人会死。

chapter

05

认输的能力

昆明有个原配当街向小三撒辣椒粉、泼汽油，然后把她点燃烧死了。这样惨烈的悲剧是情感战争的最极端表现，比较多见的是如市井派当街扒衣扒裤大打出手，或者如黄奕两口子在网上互相扒皮。无论哪一派，核心理念都是一样的，就是置对方于死地的决心，在绝望中为自己赢回点什么。可是能赢回什么呢？什么也赢不回，烧死小三的那个吃农药没死送医院抢救了，但她逃得过死刑吗？你都想死了，有女儿的人死都不怕还怕活吗？小三当街被打的视频中，男人本能地当街去护卫弱者，打人的不是更生气？而二黄就更不用说了，本来明星应该最擅长玩高冷，但他们玩出了一地鸡毛。

这些人小时候一定没踢过球。世界杯各队踢得热火朝天，为进个球拼尽全力，有时也假摔绊你一跤。但终场哨响，大家就不再那么剑拔弩张，双方队员会互相拥抱，祝贺安慰，交换球衣。我觉得孩子们都应该参加学校的各种球队，在赛场上你经常要感受输的滋味，渐渐地会懂得输是人生的一部分。这是个很重要的概念，大部分时候，我们都被要求赢，而现实是我们常常会输。

文章出轨那事儿一出，大家都铺天盖地地同情马伊琍。当时我就觉得明星特别难，输赢被无限放大。你说普通人出个轨难堪会放这么大吗？当事人把事情理理顺，天知地知你知我知平稳过渡，继续秀恩爱完全不妨碍。我觉得同情都是压力，因为弱者才会被同情嘛。美女帅哥档拼的都是实力，又不是拆迁上访，要靠舆论支持。现在两口子去夏威夷度假了，输家变成了姚笛，但新闻里姚笛也笑得很开心。

明星们什么大风大浪都扛过来了，莱温斯基也扛过来了，普通人输个一城一池的也想开点。你看夕又米，一心一意指着这个家，突然有一天男人回来说和你在一起不快乐，拎着箱子就走了。你怎么办？她要是放不下高晓松夫人这个名头，不肯认输，哪会赢得今天的尊重和机会？

丁薇唱得好：心是自己的，爱是自己的，不会因为谁就不要自己了。

chapter

06

情人节

情人节这天上午，我在我们全国最高大上的直播车上采访了一些路人。其中有一位 60 岁的姐姐，一直相夫教子，现在所有的精力都集中在孩子们身上，帮助儿子结婚，马上又要帮助他们带小孩。她 24 岁结婚，我问她在过去漫长的近 40 年时光里，她听到过多少甜言蜜语。她说从来没有，丈夫一心扑在工作上，家都是她管的，天经地义地走过来，互相没有更多的表达。我问她有遗憾吗？她平静的脸上突然有了一丝伤感：“有啊，想想确实是有点遗憾。”

我突然也跟着伤感起来：上一辈的很多女人

可能都是这样过来的，看上去家庭和睦平静，但一辈子没被男人哄过，也可能一辈子没有性高潮。这对于现在傲娇的女人来说是不可想象的。当天我采访的另一个女孩子大学毕业离开家乡跟着男朋友来到杭州，也是为爱有所牺牲，但和男朋友好了 8 年，男朋友叫了她 8 年“亲爱的”。男人们总以为他们的女人是因为他们没钱没车没房离开他们，而事实上压垮女人的往往是你不会赞美她，不会道歉，不会在她哭泣的时候拥抱她。

这个情人节，杭州有个 IT 男小陈，把仅有的 20 万折成 99 朵玫瑰花，跪下向女友求婚。他春节去女友家的时候，女友妈妈问了很多房和车的事，他才毕业 5 年，省吃俭用存了 20 万，离丈母娘的期望当然很远。朋友们都说他疯了，会鸡飞蛋打，他说不疯狂这一把，他会后悔一辈子。如果丈母娘经济是宿命，就当 20 万买个死心。求婚成功了，女朋友感动得哭了。网上有人说他有病，但我能懂得，他不是学土豪，他这是青春惨烈的孤注一掷，而女孩子也不是被这连首付也不够的 20 万打动，而是他的决心，想和她在一起的决心。这种决心是情人节最动人的表达。

这个情人节，远在大洋彼岸的美国第一夫人和总统在 Twitter 上大秀恩爱。一个说“巴拉克（奥巴马），我永远都是你的情人，情人节快乐”，另一个说“这就是真相，米歇尔仍是我的最佳情人”。两人还都发了鬼马的恩爱照片。米歇尔在上个月刚过了 50 岁的生日，不知道我们这里有多少 50 岁的女人还会获得男人的公开示爱。你可能会说这是政客公关团队的秀，我不这么认为，心里没爱，法国总统照样和女友分手。

情人节是一个让你去表达的日子。古代文人宁可食无肉，不可居无竹，对于女人来说，宁可食无肉，不可爱无言。和一个闷罐子过一生是一件很凄凉的事，女人在花花公子那儿前仆后继地受伤倒下，不是因为她们不聪明，看不懂形势，而实在是对甜蜜的追求毫无抵抗力啊！对于女人来说，你对她说声“乖”，然后再揉揉她的头发，她就彻底沦陷了。

当女人爱上一个人，她的世界其实很简单。

chapter

07

约会

我的朋友里，单身的挺多，当然都是女人，男人到了这个年纪，穷和丑都没关系，只要有工作不赌博，结个婚很容易。女人就不一样了，白富美想认真谈个恋爱还真不容易。

蓝这两年很想嫁人，逢人就说自己单身。她是积极的人，想嫁人又矜持，别人还以为她挑剔，不敢介绍。天道酬勤，多见总有机会。相亲这回事，有时候并不愉快。有的女人一开始也是活跃地见人，充满信心，见到后来就有点反胃。有的男人见了表情木木的，眼睛也不看人；有的随地吐个痰什么的；有的一上来就动手动脚，对方的名字还不会写呢，也太动物了。蓝也碰到个人，第一次约她到钱塘江边。我劝她不要去，中年男女第一次见面这么安排也太诡异了。不过蓝闲着，就有点好奇。那天正好是灯会，我就劝她把那个人约到人多的地方。过了20分钟，她打电话过来说那个人一上来就说：我们这个年纪，少谈多做。蓝问，做什么，他说，做爱。

前段时间有个上海肌肉男，貌似很喜欢蓝。两个人吃过几次饭，每次吃饭都是肌肉男在说。蓝略微好色，看到帅哥还是喜欢的。不过那个帅哥的所有话题都围绕着他云游四方的各式艳遇，跟尼泊尔女人怎么一夜情，跟哪里的女人眉来眼去。蓝倒也不是想从道德上来评价什么，就觉得这个人有点二，你不是想跟面前的女人谈恋爱成家嘛，你以为你是导游啊！后来我们总结，有些男人，他是不自信，搬出点花事显得他见多识广，也不看看坐在对面的是什么级别的。

之前还有一个比较会花言巧语，一上来就说：相爱就是要两个人天天黏在一起。这一套蓝还是吃的，于是天天黏在一起。两个星期后一起吃饭时，他接到一个电话，说是找他借钱的，20万，只借一个钟头，调个什么头。他跟蓝求救，蓝没答应，心里有了不舒服。不过她大气，因为吃饭看电影都是对方买单，人家最近也没赚多少钱，尽管号称曾经千万身家，所以就给他一张自己银行卡的副卡，说以后吃饭还是你买单，但用这张卡。对方推辞半天最终接受。第二天，就发现卡上少了6000元。蓝在心里为他找了很多个理由，但确实也无法说服自己，只好终止。我支持她的决定，我知道蓝不是因为穷或者失败而否定他，而是觉得他没有自尊。

后来蓝碰到一个浙大工科生，不跟她谈艳遇，也不跟她借钱了，只谈对美好婚姻的向往，觉得蓝自信自立有气质是他要的女人。他会善待伴侣，希望以后的老婆在死的那天还会说：下辈子还要嫁给你。听起来相当靠谱，但相处起来却相当吃力。比方说两人约好六点一起晚饭，蓝等到十点他还没出现，电话打过去，说，哦，在忙。他自己有个厂，忙应该是事实，但放女人鸽子这回事他好像不认为应该事先通知，事后也没什么歉意。

我不觉得这是可以忽略的，男女之间的交往由很多小事组成，这些小事折射的三观决定了你们能否走到一起。

chapter

08

暧昧

早就结束的美剧《绝望的主妇》里有一个情节，夫妻俩遭遇中年危机的时候开了一个饭店，Tom 受伤在家里休息，由 Lynette 管理。店里新来的厨子 Rick 和 Lynette 每天打烊以后都会喝酒研究生意经，两个人都觉得很放松，很开心。Tom 怀疑他们有感情，Lynette 总是说他生病以至于多疑。有一天两人穿得很漂亮在迷离的灯光下喝酒，Rick 对 Lynette 突然诉说了爱意，可 Lynette 却回答他：你被解雇了。她在吧台前激动而痛苦地对着他吼：本来多好，我们在一起喝酒聊天，我感到很快乐，很久没有这种感觉了。可现在你把一切都破坏了，你让我无法继续享受这种感觉了！

她有丈夫和 4 个孩子，她只能享受一些不说破的暧昧，说破了她自己的心承担不了。后来 Tom 问她“你对他有感觉吗？”Lynette 不语，表情是崩溃的样子。

这就是很多男女和异性会互相勾引，但不会往下走的原因。看上去有些自欺欺人，但应该怎样呢？一往无前还是连跟有感觉的异性喝一杯都不行？

以前有个听友跟我说过她的事。碰到一个男人，两个有家的人在一起，很舒服很贴心的感觉，就像春天的风。对啊，要不然，怎么会有“如沐春风”这个词呢？婚外情大多是惨烈的，结局也大致不好。网上小三骂原配原配骂小三，都觉得占着天理。最近网上的好几个视频已经不只是骂了，在街上开打。这对男女受不了这些，也深知凡事都有配套的后果，所以他们只在白天有着极少的约会，开着车去转转去逛逛，聊聊天互相说些喜欢的话。下了班准时回家陪孩子做功课，周末也是在家里洗洗涮涮的，或者看望父母，完全没有婚外情的慌张。

就这么过了七八年了，很节制地过来。这真的是很难的，感情这种事，谁都缺，不是缺理解，就是缺激情。哪种缺碰到对的人都是干柴烈火，瞬间都能着的。而这种事的后果又很难控制，从互相吸引开始，搞到后来你分不清是为了爱还是为了嫉妒，为了胜利，总之基本会大开杀戒，与之有关的人：丈夫、妻子、孩子、父母都上了战场，都成了战士。最近的那个戏《大丈夫》里，结婚10年了，男人只出轨了一次，丈人拿着刀上他的公司砍人。

她怕这种场面，所以一直不爱那么多，只爱一点点。也真的从来没想过重组。她说：懒。再说真的在一起就一定会好吗？他倒是说了：你怎么一点都不作的？怎么这么理智？有时候他会问：我们进一步？她总是阻止他说下去。她喜欢平静，承担不了战争，所以她放弃轰轰烈烈，选择细水长流。她把《廊桥遗梦》里弗朗西丝卡那销魂的三天分散到7年、8年、10年甚至永远，只求每天闻到一点温和的花香。

把爱理解成只是一种感觉，不多索取真的太难了。但暧昧要长久，也就只有这条路。

chapter

09

情色撩人

好几年前有一次办公室的同事们谈到A片，我很认真地问他们：有武藤兰的吗？能不能发给我看看？他们笑得前仰后合，大概是因为一个和他们年龄差十几岁的女人这么公开地要看A片不知道是天真还是腐朽，二是因为他们觉得武藤兰早就不当红了，好比哪个人突然要找祝希娟王晓棠的电影看一样。

在A片的经验上，我们确实和年轻一代有很大的差距。我一姐们儿上世纪90年代初毕业在大学教书，和同校大她七八岁的副教授好上了。女人在性方面有漫长的自我解放过程，一般比较陶醉于爱的絮语搂搂抱抱耳鬓厮磨，尤其二十几岁时根本不好意思钻研技术直奔性高潮。副教授觉得我那姐们儿没什么经验，想给她上上课。有一天副教授跟她说下午一起在家看电影，姐们儿问：是《傲慢与偏见》吗？副教授含糊地嗯了一声。影片开始后，有两个女的在一个像客厅的地方说着话扭了两下，姐们儿觉得不太像，问：这是姐妹们在准备参加舞会吗？教授又含糊地嗯了一下。后来，后来就没什么好解释的了。这是她第一次看A片，虽然姐们儿没什么经验，实战中还放不开，但精神上是没障碍的，所以她觉得教授很鸡贼：直说不就完了吗？难道我还会骂你流氓？

我跟同事要武藤兰是因为这是我知道名字的三个日本AV女星中的一个，在网上的某些文章里反复看到，有些男人把她当作寂寞青春期的陪伴。我很好奇她有什么特别的，但我到现在也没能欣赏到她的演出，因为同事们好像也找不到她的片子了，而且他们说没什么特别的，A片都差不多。我知道的另一个名字是饭岛爱，那是在李宗盛的歌里听到的。还有一个是在日本发展的台湾AV女星观月雏乃，我看过她回台湾接受的电视采访，很优雅很甜美，主持人问她和多少人做过，她笑着，说大概三四百个吧。她在说这话的时候表情很天真坦白，反而在旁边惊呼的几个女主持显得俗气。我想观月们大概也会给自己洗脑，除了赚钱或者好玩以外，给自己一个意义，类似于帮助人们找到性的快乐之类的。

但A片里面没有什么情，只有色，纯感官挑逗。以前有个听友给我写过很长的私信，谈她的情感问题。其中有一段印象很深，她说一直以来和同居六七年的男友做之前都要放A片，否则完全没欲望。看了做了以后还是觉得自己没什么生命力，一切都是纯生理的刺激。所以，相比A片，女人会更喜欢情色电影，因为里面有情节，有情感，这使性的感觉有了铺垫，有了推动，有了从精神开始的渴求。女人强调前戏，其实是在强调感情。

还有一种东西是情色电影也不能企及的，在它的基础上形成的人性之各种快感呈巅峰放射状，因此人们屡败屡战，欲罢不能，心心念念想去靠近。这种东西叫：爱情。

chapter

10

轰轰烈烈也是真

周末听了很多故事，都跟电影似的。有个女孩，爱上了一个大她 15 岁的熟男，于是天天去见他，几天给他办公室换一批花，鲜艳怡人。有一次熟男要去澳门四天，分开的刹那她就受不了了，偷偷买了第二天去珠海的机票，来不及签注，把护照传给珠海黄牛去签。拱北海关晚上十二点关闭，她下飞机已经十一点零五分，而从机场到出关口怎么着也得开五十分钟。她在出租车上像个充足了电的马达，跟司机说：加你 300 块，一定要赶到！路上打电话给黄牛：加你 50 块，把出境单送到拱北。终于在闭关前两分钟冲出了珠海。去酒店的路上收到熟男的短信：很想看到你。她激动地屏住笑，颤抖地按了门铃。熟男打开门瞬间短路，居然又关上，几秒钟后重新打开，一把搂过去，两人都高潮。

人生的高潮可能就那么几秒，为了这几秒，她披头散发，披星戴月，披荆斩棘……地奔过去。

挺好的，不要说她作，不要说平平淡淡才是真什么的，作过了平淡那是洗尽铅华，一作不作直接进入平淡那是无趣，或者没办法。两个人相爱，就是要作天作地，上演些华彩篇。那个熟男也比较感性，女孩喜欢吃水果，没吃过的都想尝。熟男就到处找那些奇怪的水果。火龙果不稀奇，火参果不常见，绿瓢，打成果汁用吸管吸的水果。他让朋友空运两个过来，放到女孩面前。

没有互相讨好的心，怎么能叫恋爱呢！

还有个故事，一个女孩和一个男孩因为工作经常联系，平时也聊个小天。女孩艺术生，男孩理科生。理科生聊天有点乏味，跟他聊什么都能转到工作上，不谈工作他就不知道说什么了。一天晚上女孩和朋友聚会时突然收到男孩的微信：我喜欢你。女孩想着他的乏味回了几句哈哈。旁边唯恐天下不乱的同伴把聚会地址告诉了男孩，男孩赶了过来。本来这时音乐可以响起了：等你爱……爱……爱我……哪怕只有一次也就足够……可男孩满怀激情地赶过来，又开始谈工作。晓知内情的人在一旁着急：韩剧看过没？一把推到墙上，抱过去亲就好了呀！

然后，他们现在还在继续谈工作。

名人中有一个著名的例子：邢李源怎么追上林青霞的？林青霞在上海拍电影，邢李源白天上班，下午带着她爱吃的饭菜从香港飞到上海，林青霞吃到的时候饭菜还温热。第二天他再乘最早的飞机飞回。别说这是有钱人的做派，林青霞也不是没见过钱，就是那事儿事儿的劲儿，整得很像恋爱，呵呵！你说普通人做不到飞的送餐？那是，可很多普通人女朋友病了或者心情不好，即使在一个城市也不会天天去看她啊，因为忙，因为堵车，因为累，或者因为不知道怎么安慰。

第一个故事中的男女主角已经分手了，林青霞和邢李源的婚姻也经常传出亮红灯。但你要认为这是当初爱得热烈导致的就错了。爱得平淡的人分手的一大把，爱得有声有色起码证明了你生命的活力。比起从未有过，曾经拥有，真是赚大发了。

chapter

11

我知道你是爱我的

微博上很红的“安定医院郝医生”某天罕见地发了一条正经微博：209 号床的姑娘入院后，一直重复着一句话，“我知道你还是爱我的”，心疼。他一般都是话锋递进或者一转把正经事搞砸的风格，比如“国字脸的朋友，不要太在意，身体发肤受之父母，毕竟在你们身后，还有器字脸”，然后说“同为主持人，䨻字脸的毕姥爷眼泪不争气地流了下来”。所以 209 床姑娘是真让他心疼了，由此，我觉得郝医生是个情感细腻的爷们儿。

“你到底爱不爱我，爱我吧？不爱吧？”女人想这个问题是会想疯的。刘若英纠结陈升爱不爱自己估计也纠结了很多年。你说他不爱吧，他说最爱喝奶茶，有茶的清淡却不像茶那么涩，喝一辈子不会腻味，说刘若英就是一杯奶茶。赤裸裸的勾引啊！你说他爱吧，他从来也不说，奶茶主动发信号他也不接。以至于 2002 年刘若英跑到陈升在台北的演唱会现场，结束后当着所有歌迷的面问他：你能给我一个拥抱吗？人群顿时安静，陈升迟疑了一下，拍了拍刘若英的头。奶茶当场流下两行眼泪。如果把这一刻写进歌里，歌词应该是：这是我最后一次问你爱不爱我……后来奶茶就不参加陈升的演唱会了。

今年三八节，我采访了一些女人，其中有一个跟我说，结婚十几年了，她依然天天都要问老公同样的问题：你爱我吗？你最爱的人是谁？你为什么爱我？你最爱我的哪些方面？……我说你老公没被你搞抑郁啊！女人在这方面是很执着的，再忙的女人你要是跟她谈爱她，全世界她都可以立马放下。我妈有句经典：若要安耽，先拌猫饭。女人就像只猫，猫饭就是迷魂汤，她确信你爱她，一切好说，若不能得到满意答案，掀被子砸杯子甩脸子，500 万大单等你签字她都不会放你走。

在电脑上卸载一个软件，通常会弹出眼泪汪汪的小图标：不要抛弃我……没出息的样儿。听说网上有一个气质超群的软件，如果你想卸载它，弹出来一句：我只想问你最后一个问题。你只要点：爱过，它就自动卸载了。懂人心啊！女人的心路历程无非：我们相爱，我们在一起？我们不能在一起，但你是爱我的，你只是因为有老婆，父母反对，没钱，所以不能跟我在一起？我们没有在一起，但我是你心里的痛，我是你心里永不能结疤的伤口……吧……其实大部分时候是女人想多了，男人是很现实的。女人喜欢问：如果你没有结婚，没老婆孩子，我会不会是你奋不顾身想要的女人？男人的回答通常是：这种假设没有意义。

男人不知道，这是女人最大的意义。之前也有女歌手唱“有没有爱没所谓，快不快乐有所谓，我只在乎自己的感觉！”歌声欢快，听了却是一把血泪，因为自己的感觉就是有爱才能快乐啊，是个女人都懂的啊！

不过，让女人疯掉的都是那些好像爱好像不爱的，这个最讨厌。要么坚定地爱，要么坚定地不爱，玩混沌的都是孬种。

chapter

12

弱小的机会

在我高中毕业等着上大学的那个暑假，跟我关系不错的同班女同学告诉我，她恋爱了，而且惊世骇俗地同居了。这让我兴奋，好像自己突然长大了，小姐妹都有自己的家了。开学后，我和彼此有些小勾搭的男生一起去她家吃饭，她在厨房忙。看她在水池里洗黄鳝，血乎乎滑溜溜地抓在手上，我很恍惚。她曾是中学生歌舞团的首席小提琴手，是个早熟艺术感很强的女生。我这样的大俗货都不敢碰的东西，她居然捏来洗去面不改色。我说：你还挺强的，我都不敢碰。她说：有什么办法啊，自然就敢了。我庸俗地看了看她在阳台上画画的男朋友。

多年前，有一次我妈要杀鸡，别人送的活鸡。让我妹帮忙，我妹不敢，嘴里说：好残忍好残忍！我记得那天我妈火了：好残忍好残忍，就你们善良，我是杀手！不要吃好了！那一瞬间我被震到：妈妈并不是生下来就什么都不怕的，她也想一惊一乍像个敏感的兔子，但她把这个机会给了女儿们。小时候家里很穷，但我爸妈还是把我和妹妹当公主养的，我们穿着妈妈自己做的漂亮衣裙上学，成绩优秀，在家里饭来张口衣来伸手。

这个背景下，一直以来我其实是比较作的，对男性的审美基本停留在传统型：让我有弱小的机会。大学同学们一起出去玩，如果需要从高处往下跳，在底下会接一把的男生一定会赢得我的好感。这非常幼稚，很多男人也因此认为女人很傻。接一把不是很容易学的事吗？重要的是内在，是长久……那你学啊你学啊你学啊……为什么现在剩女多？因为女汉子一大把，找不到示弱的机会啊！职场上差不多强，精神丰富性完全不输，男人在体力上再不表现得强一点儿体贴一点儿，感觉在哪里？

我一个大学姐们儿，嫁了个在中国做高管的老外。她生了儿子后整天休息不好，但老外不会像土豪一样跟女人说：老婆，我养你，别工作了！所以她假惺惺地说要去读研考律师。没想到老公鼓掌，对她又亲又抱：你可以做到的哈尼！姐们儿在心里骂：哈尼你妹啊，没看老娘已经瘦成一张皮了！现在，她在上海做律师做到了合伙人，风里来雨里去也是个人物，但她说：多希望他说一声：哈尼，你蠢蠢地在家就可以了！

现在女人都心里有数，其实也没太指望谁给罩着，不过是想玩些弱小秀。和女人约会时，男人们不要问女人：我们去哪儿？直接带到你想好的地方；也不要问你想吃什么，直接说：走，带你吃去！有一次我去外地碰到一个好多年没见的男同学，什么也不问带我去一个雅致的院落吃饭。吃饭时他招来了卖糖葫芦的，也没征求我的意见，拔下一串递到我的手上。不得不说，这个感觉非常好！吃什么很重要吗？到哪儿玩很重要吗？NO，都不重要，重要的是男人像男人，女人像女人。

女权主义者别打我哈，这只是，男女之间的小游戏。

chapter

13

管得太宽

经常有人问我：你为什么不要个孩子？20岁的时候我一般回答：我不会生啊……人家就说：你这孩子，口无遮拦的，呸呸呸！30多岁的时候我还这么没心没肺地回答，问的人就不响了。到了40岁我不敢这么回答了。有一个忠实的退休女听众开了个微博，每一篇都是给我扎小人，其中包括我对生不出孩子怀有深深的自卑，绘声绘色。前几天还有人在我的微博上给我留言：没有孩子的人生不完整，你为什么不生个孩子？

我理解人们的好奇，八卦之心人皆有之，但没有孩子的人生不完整这种论调和昔日的地球中心论一个道理。我们一般不会去问章子怡范冰冰巩俐，为什么你不生个孩子？因为我们知道人家自己玩得很欢，即使偶尔想要孩子，也被别的至少她们认为更想去做的事打断。我相信她们如果再活一次，依然是这样的选择。

我的状况当然没她们那么嗨，但一直以来好像都没准备好为另一个生命负责。年轻的时候极端而求完美，又很怕麻烦，觉得没信心做一个不把自己和孩子同时逼疯的妈。后来我爸爸生病去世，此后的大约 10 年时间，我都很揪心，家里任何一个人上医院我都心跳加速心理抑郁，觉得又要大祸临头了。这样惊恐的精神病如何有能力承担一份新增的亲情？

再后来，就被人称为老女人了，工作越干越欢，而且，也许，真的生不出来了，哈哈。

但千万别为我唏嘘感叹，我内心真的一点儿伤感都没有。我相信世界上我这样的动物挺多的，落到我手里的人生，我打落牙齿也接着，而我不选择的，自然有我的道理，这是我为自己安排的最适合的人生。

我的意思是不要带着任何一种赢家和导师的表情居高临下地去指导别人的人生，这个很讨人嫌。前两天我看到木老师把一个苦口婆心劝她找男人的博友拉黑了，尽管那人说自己一直是她的粉，无比善意地告诉她家庭温暖是别的东西代替不了的，被警告之后依然不屈不挠地说你不想要婚姻是没遇到对的人。以木老师的境界，轮得到这种凡夫俗子来教导吗？那些日常的温吞水废话只能留给精神嗷嗷待哺的人，去跟目光如炬灵魂有坐标的人说这些烂熟家常，如同去跟哥白尼说太阳是绕着地球转的一样傻。

有个朋友离婚了，和一个比自己小 10 岁的男人谈恋爱，双方家里及朋友都激烈反对，觉得有今天没明天，不是好的选择。可问题是：什么是好的选择？等一个不会讲笑话的同龄男吗？还是一天又一天过春雨不眠空独眠的日子？还有个朋友，老公幼稚，做生意被忽悠了，房子抵掉了。两人离婚各承担一半债务，男人付不出来，她默默承担。朋友们见面就替她抱不平，大骂那个男人。有一次她发火了，说：“我愿意！”

是啊，她愿意去体谅和承担曾经爱过的人的失败，她就是有这个境界，朋友们就别替她算计了。

chapter

14

三观

在微博上看到片方曝光的《北京遇上西雅图》电影中没出现的一段：约 1 分半钟吴秀波汤唯接吻的片段。我说呢，总觉得电影的情节上有些问题，两人情深意长的，可在电影里又没看到明确地好上……这下完整了。两个文艺明星，抱得当然很好看。接吻戏现在应该不是洪水，为什么删呢？片方是不可能主动删的，最低级的想法也是票房啊，我猜删是被迫的，想弱化文佳佳和 Frank 好过，因为后来文佳佳又被有钱人老钟召回国了嘛。一会儿跟这个男人接吻，一会儿又回去跟那个男人结婚，这样三观不正。

即使没有接吻镜头，北京有一女文人也还有很强烈的不忿和担心呢。她认为影片最后竭力展现文佳佳自强不息，但她“实质就是个贪得无厌的二奶，遇到老好人接盘侠。如果二奶都有这样美好的结果，本来三观就摇摆的年轻妹子就更心安理得地选择先伤害别人，反正也得不到任何报应。好男人被这样糟践，何不心安理得地去当坏男人呢”？

于是我检讨自己，为什么对三观很敏感的我看了这个电影没有她的担心呢？最终我不认为我迟钝或者堕落，反而觉得女文人对人生的理解是脸谱化的。你说贪小，爱上有钱人就是贪小？如果这样严厉，那谁也无法批评谁，哪个人是生下来就铁了心地奔穷人去的呢？至于爱上有妇之夫，文佳佳也一直在付着代价。我看她从西雅图下飞机，订好的月子中心被警察抄掉，英语又烂，怀着孕，男人不在身边，旁边连个亲人都没有，我当时是觉得很凄凉的，完全不会觉得，哇，这小三做的，有钱就是好！文佳佳在美国断粮后，她大着个肚子在西雅图街头叫卖名牌包来赚生孩子钱，这个场景很动人。而她回到北京后，豪宅华丽寂寞空洞，观感相当没劲，这说明电影的三观是正的，只是没摆脸训人罢了。

真正三观正的人不会担心，因为懂得人有成长的过程，不会为了强调三观，而把人生压成一张平面白纸。而强制性地去纠正别人三观的人，往往在真正的三观考验面前会不合格。

很多很多年前，毛阿敏偷税漏税被查，出走加拿大。回来后接受鲁豫采访，说起往事，脸上是被恶人摆一道的不堪回首。我当时就觉得她三观不正：确实可能在众多违法的明星里就你出事了，但不说明你做的事是光明磊落的。

伦敦奥运会上，中国羽毛球队打假球。没人出来道歉，李永波们也是一副被迫害的样子。囊括全部金牌后更是意气风发，冠军们忙着各处领奖，李永波得意扬扬。韩国那几个合作打假球的球员回国后两年不得参赛，教练被剥夺资格。我从此看到李永波就觉得无比恶心。你可以阶段性急功近利，但你不能对明显的错误缺失忏悔之心。

相比较，《北京遇上西雅图》，温情战胜金钱，它是个纠正三观的电影。而在现实中，为了发展豆腐渣工程，可以把污水高压打入地下，为了要金牌可以放纵无耻，三观在哪里？

chapter

15

正室范儿

文章出轨被曝光后，马伊琍不哭不闹不辩解不躲避不涂脂抹粉比美丽，发一张在列车上的素颜哺乳照，不忘宣传联合国儿童基金会的“母爱10平方”项目，且行且珍惜地往前走，收获无数尊敬，所有不平同情讥笑冷眼通通被逼退。新一代正室范儿不卑不亢地看着乱局，以静制动，不变打你个万变。

这让我想起文章之前演过的《奋斗》中的向南，后半段遇到一个女孩瑶瑶。瑶瑶留美回来在北京当律师，有房有车，事业像模像样。向南只是个小职员，工作糊口而已。之前他和杨晓芸结婚后送给她一个口哨，意思是你一吹口哨我就到。杨晓芸自己也是个可怜小职员，总想夫荣妻贵，做不到就百般数落向南，终于离婚收场。瑶瑶爱上离婚后的向南，什么都有的女孩并不指望通过男人出头，她只爱向南身上可爱的孩子气，青春的气息。两人交往一段时间后，向南虽然对未来不太自信，但在瑶瑶的爱情鼓励下也准备谈婚论嫁。求婚时向南也给瑶瑶送了一个口哨，瑶瑶特别惊喜，觉得太好玩了，比钻戒强多了。可是在他们手拉手走进婚姻登记处的时候，杨晓芸赶到，对着向南大吹口哨，又可怜地哭倒在地，搅了他们的好事。

向南重新回到了杨晓芸的身边，去瑶瑶那儿收拾东西的时候瑶瑶静静地哭成泪人。向南问：你怎么不闹？瑶瑶说：你知道什么叫对你好吗？什么叫正室范儿吗？我曾经跟自己说，这辈子允许你出三次轨，这算第一次。向南问：你为什么不吹口哨？瑶瑶说：因为我对你好。

比较流行的做法应该是上去拼上去抢吧，她吹口哨你也吹，看谁吹得过谁。但正室范儿的人不这么玩儿，因为懂得感情是两个成熟的人之间的自主选择，不是一场表面的带虚荣心的战争。何谓“正室范儿”？严于律己宽以待人，痛苦地站着，流着泪告别，强调和所有男人的精神平等，强调付出和为自己负责：让我的爱像阳光一样包围着你，又给你光辉灿烂的自由。在潜意识里，或许也认为这种自尊自立不哭不闹的范儿会为自己加分，赢得男人的尊敬并使他们回头。实际上，赢得尊敬是做到了，但让他们回头可不一定。男人会被“正室范儿”感动，会觉得自己很浑蛋，也会很伤心，就像向南离开瑶瑶后在街上哭到走形一样。但“正室范儿”会让他们有压力，很多男人做浑蛋就好了，轻松。

所以现在很多杂志都教女人“偏房范儿”或“小妾范儿”，穿性感睡衣，耍小无赖小性子，吃小醋，必要时大喊大叫河东狮吼。“正室范儿”虽然被人尊敬让人自惭形秽，但鼓励了整整一代人的简·爱落着什么好了？罗切斯特有钱有身板的时候要“正室范儿”离他远远的，他穷了瞎了才回来守着有意思吗？况且大部分的男人在小性子面前才有大男人感觉，GAME 而已啊，何必认真呢！

但我想说的是，真正博到大的，都是那种有“正室范儿”的人。

chapter

16

曼玉和迅哥

曼玉唱跑了调，周迅公布了恋情。基本没什么恶评，曼玉从上海走音走到北京，她在舞台上说：我演了20部电影还有人说我是花瓶，那唱歌也给我20次机会，我一定会唱好。在北京的大风里，她年近50，头发凌乱，歌声杀人，但依然是女神。周迅恋一次热泪盈眶地公开一次，不吝啬地夸奖对方，说李亚鹏满足了她对男人的一切幻想，给大齐写歌……高调投入，不给自己在公众面前留后路。除了和个富二代有传闻外，她很久没消息了，我还在想呢，难道周迅也变成不敢肯定自己爱情的豪门女友了？然而她就公布了：This is

Archie。

挺好的，我喜欢看她们自在地活着，像个榜样。她们都是闷头管自己活的人，之前有传闻张曼玉的法国老公同性恋啊虐待啊，她翻篇了往前走，从不回应。一堆前恋人，经历过劈腿背叛暧昧失败，一路失去一路放下。别人说她情路曲折，她说其实每一段她都感觉极致。这大概就是自由之爱吧，不跟你要钱和未来，只跟你缱绻当下，这样轻盈的爱当然是极补的。先是和比自己大的人谈恋爱，然后同年龄，然后小 7 岁，然后小 15 岁，和他共唱摇滚。别人都老了，她留在 35 岁。

不要怪男人永远爱 25 岁的女人，女人也永远爱三四十岁的男人。问题是你的黄金期能持续多久。

迅哥和曼玉一样也是不玩微博的，她的恋情通过工作室微博发布。好像本来去年年底就想公布，好不容易忍到现在。真正的女文青就是这样，即使啥也没有，也要有个对自己的肯定。不幸爱上有妇之夫那是没办法，否则男未婚女未嫁藏着掖着难保不是心怀鬼胎。明星不公开恋情真的只是怕麻烦吗？我不相信，男人我不清楚，任何一个单纯爱着的女人都愿意你把她介绍给全世界。我猜舒淇一定爱得很辛苦，她都发了冯德伦在家的照片了，冯德伦接受采访还是不阴不阳：这是私人的事啊。私人你妹啊，回家不知道舒淇会不会冲他吼：你当老娘金丝雀啊！

迅哥新恋情一公布，网上马上扒她以往八段恋情，很想给她些难堪。不过估计迅哥已经无感。一是这些陈芝麻烂谷子的事也被嚼了很多年，基本不是什么秘密了，周公子也从来没有因此有精神包袱。她当初爱的大部分人也都是清贫的乐手歌手，所以也不会像王祖贤，有被豪门老太婆羞辱的经历。从少年开始，她选择的就只是有感觉的人，这使生活变得无比单纯，可以尽心尽情，无辜坦然。

曼玉演过青蛇，和白蛇是姐妹，但也去勾引许仙。她跟白蛇说："你 1000 年，我 500 年，加起来 1500 年，就陪他一个人玩儿啊？"对于人间种种，她只是好奇，并不是稀罕。迅哥演过李米，4 年开着出租车在大街上找消失的男朋友，如此拧巴是为了给自己一个交代。

很多事，给自己交代就可以了，不用参照任何答案。

chapter

17

首富的爱之纠结

还记得有这样一条新闻，是讲中国首富宗庆后的女儿宗馥莉自称 30 岁未交过男友，因为很难辨别追求者动机，而自己的生活基本上都被工作占据。

很多人表示了同情，内心可能因此而有所补偿：有钱有有钱的烦恼，当钱成为一种压力，当钱多到数不清的时候你已经无法成为一个女人。

其实这不仅仅是有钱女人的焦虑，普通女人也有。我二十几岁的时候曾经问过一个男人：你爱我什么？为什么爱我？他回答：因为你对我好。当时他的这个回答很伤我自尊，难道不是因为我可爱我聪明我好看我有气质我有才我有……而爱我吗？如果只是因为我对你好，那我跟那些不好看的笨的俗的有什么差别呢？幸好我是个穷光蛋，否则我还得怀疑，是因为我的钱吧……

我觉得这是所有女人的自尊心。

我们都希望自己有财富，但在爱情上都希望自己是灰姑娘，什么都没有，只有天然美丽，只有赤子之心，这样，我们才能肯定自己。我们把自己涂得唇红齿白，跟教程学接吻，跟杂志学性感内衣，但如果男人说“因为性和你在一起”，立刻就觉得受到了轻视和侮辱。我们希望男人看到的我们都是单纯的内心，因此，贝隆夫人即使有过很浪荡的生活，也依然唱着“事实是我一直在这里，从未离开”。

明星会好一点，章子怡范冰冰也在一刻不停地爱着，从没听她们说：很难辨别追求者动机。这是因为她们对自己的美貌很有信心，对自己的女性气质很有把握，财富并不是她们最吸引人的部分，而女人，因为美貌被爱，好像不那么伤人。

男人有财富会从内到外散发自信，而有财富的女人的自信却很容易被门口进来的只会摆POSE的小脸平面模特打击到，就算知道自己有能量也没用。因为男人不介意用财富买来很多东西，而女人希望爱情是一块净土。

可是，谁能分得清呢，对方爱的是你的容貌、气质、个性、学识、财富还是性？甚至可能只是想结婚恰好遇到了你根本谈不上爱。普通人天天都在接受这些说不清楚原因的结合，有爱谈就谈一谈，没爱谈就说相濡以沫，因为吃亏不到哪里去。可是首富就不一样了，一个外人进入家族，信任他，交权给他，如果对方冲着人来没事，冲着钱来会觉得自己很傻：一世精明打下江山，却被小白脸攻下山头。感觉自己一下子由圣母变成了村姑。

但是，你不会愿意回到灰姑娘的时代，所以，只能这么想：在心里爱一个人，想念他，为他付出，是人内心最饱满的自觉，然而最深刻对灵魂最有影响力的爱有时候完全是自己的。在一个互相计较的环境下，保持爱的能力是第一位的，这是上天给予的最美好的能力，尊重自己的冲动，想付出的愿望，和有情人做快乐事，不去问是劫是缘。

管你爱我什么，因为，我也分不清，我爱你的什么。

chapter

18

再次出现在你面前

美国八卦媒体刊登了美国总统奥巴马在中学毕业庆祝之夜和 15 岁女友米根·休斯以及另外一对好友一组罕见的合影照片。他俩后来的人生道路天上地下：奥巴马当了美国总统，米根演了一些准色情电影后，沦为了一名应召女郎。媒体还刊登了现在的米根腹部肥胖，眼神呆滞的街头走路的照片。她才 48 岁，看上去完全年华老去。

虽然米根的律师否认她是真正的应召女郎，但也承认她和多位熟人保持性关系，他们早晨离开她的卧室前经常会在她的梳妆台上留下 200 美元，好让她为自己买一顿美味的早餐或午餐。她至今仍然喜欢炫耀自己和椭圆形办公室中那个男人的联系，经常会向朋友们展示她和奥巴马当年的恩爱合影。

美国的一些电视谈话节目说照片是米根提供的，女主持人和嘉宾很刻薄地耸耸肩。世态炎凉，充满伤感：看着自己黯淡的现在，眼里回忆往事出现光亮。男女各有最在意的光亮，男人喜欢说：老子也阔过；女人喜欢说：老娘被人爱过，尤其是被光芒四射的男人爱过，一夜夫妻一生骄傲。

我的理解中，看着每天出现在电视中的他，会有些折磨的吧。倒也不是纠结“我为什么没有抓住他”，而是，如果，他看到现在的我……所以我说，女人，不是应该怀着“再次出现在你面前依然让你心动”的心去生活的吗？

这只是一个比方，现在的女人也不是当初的小脚，一生只为你等候。我的意思是总要为爱情做好准备，如果你想碰到特别好的他，你必须是特别好的自己。

但女人在这点上很悲观，认为随着年华老去，很难成为更好的自己。尤其像米根这样年轻时是个美女的女人，青春耗光，接下来都是下坡路。她是美国人眼中傻兮兮的金发碧眼，没头脑的性感尤物。国内的仕女图爱好者也许会想不通为什么黑猩猩一样的米歇儿美国人反而认为魅力四射。当然现在我们世面见多了，会从另一个层面来发现美丑，所以，哪怕长得不好看的人也有了出路。

发现这一点对于像我这样的人是很振奋的。小时候我挺自卑的，长得不好内心敏感心比天高却没人追。我高中时还有一个同学，是个班干部，文章写得挺好的，个子也挺高，但她的感觉跟我一样，觉得自己不好看没人追。那时我们俩经常在一起羡慕地看着美丽可爱的女同学被男生包围，而我们只能交流读书心得，安度寂寞青春。现在我们俩其实也挺普通，但觉得和那些被男同学狂追的女生差距在缩小，同学再次相见，居然已经不太自卑了。

这么多年，也许我们只是在克服自己的自卑，让自己更稳定欢乐地存在。这种自尊心是多么重要啊，它使我们再次出现在当初爱过的人面前时，有了信心，虽然，我们已经不再爱他们。

chapter

19

谁比谁纯洁

默多克和邓文迪离婚消息传出的那天，大家都很兴奋，绝大部分人都在看邓文迪的笑话：你也有今天！洪晃在她的微博上说：他们离了才又相信爱情了。我们同情着在加纳非法淘金被捕的中国人，但对单枪匹马闯荡美国，被默多克 4 个子女排斥在新闻集团之外的邓文迪却没有任何怜惜。

还记得邓文迪在听证会上奋勇护夫，打排球一样掌掴袭击者，赢得世界赞赏。当年又翻出她的故事：何谓彪悍？22 岁嫁给 50 岁的 Cherry 获绿卡后离婚，经新男友引荐入读耶鲁。1996 年旅行结识 StarTV 副总，经推荐在香港实习。1997 年她将红酒洒在传媒大亨默多克身上，3 年后他为迎娶她而离婚。4 年后她以人工受精的方式生下两个继承数十亿美元的女儿。这个对人生简单因果般的注解看不出好恶，但当年有个大 V 学者因此说邓文迪是屁股当脸用的人。

我万分讨厌知名学者这样评价一个女人，由此我认为这种学者内心都是有缺陷的。你以为一个人的人生是微博上这么几句话就能总结的吗？你跟她有深交吗？她找了几个男人有了传奇的人生就一定是肉蹭出来的吗？比她肉好的怎么蹭不出来啊？什么叫屁股当脸用啊，一定是屁股特别不灵的人才这么恶毒攻击好屁股的人。这点都搞不明白的学者搞什么嘛！

我真是不明白那些过着一地鸡毛生活的芸芸众生在评价别人人生的时候为什么会有这样强烈的精神优越感。翁帆图钱，章子怡图钱，邓文迪图钱，好像只有自己，是河边纯洁的小芳和半夜神出鬼没的田螺姑娘。

这些人真是对自己太有幻觉，也太把爱情当回事了。好像出身下贱就一定冰清玉洁，贫穷着爱的纯度一定高。其实可能是丑，是懒，是无趣，是不努力，是运气不好。这一切不是把杀出一条血路的人骂个狗血淋头就会改变的，贬低了别人的精神也不会让自己显得高贵。爱情这个东西，是要用平常心来看的。贬低着别人爱情的人通常同时会可笑地神话爱情，觉得爱情里一点儿杂质都不能有。什么是杂质呢？美丑计较是吗？高矮计较是吗？贫富计较是吗？家庭计较是吗？有趣无趣是吗？撇开这些，爱情里最纯洁的部分无非是个荷尔蒙，其他的欣赏信任依靠你说是杂质还是纯的？有人说，默多克那么老了，哪还有什么荷尔蒙啊！第一，你怎么知道？第二,万松书院的相亲会，你看看谁光看荷尔蒙？光看荷尔蒙相亲大会就好办了，搬砖头比赛就行了。

有人说他们签过婚前协议，所以是金钱婚姻。这种高纯度脑袋真让人着急：默多克这么多次婚姻，这么多子女，婚前协议不是对大家都公平的事吗？越懂得公平的人越容易得到爱情，越傻纯的人越分不清，宁为玉碎不为瓦全，最后基本都成了碎的——瓦。

和爱一起来到的财富，你得到了如邓文迪是爱情，没得到空手出门是爱情，倒贴也是爱情，爱情是自己内心的东西。真正的高贵在这里。

chapter

20

自带城堡

王石的女友田朴珺最近终于接受了一次采访，给记者的感觉大抵决不仅是妇凭夫贵的女性，本身亦相当努力，有自己的生活立场。她的自我评价是现代版的灰姑娘除了要穿上水晶鞋外，还要自带个城堡。那个城堡就是你对任何事情的独立和对自我价值的追求。

我相信，大家都是见过世面的人，口味都不会初级。另外我相信大佬都不是太容易捏，相处也不会仅仅是笨笨红烧肉那样的娇嗔。在这第一次采访中，有一个细节：有一次在美国，田朴珺指着一张家居设计图给王石看，说我觉得这里设计得不好。王石说，你不懂就不要随便批评，有本事你自己去设计。然后小田同学就较上劲了，把图书馆里的设计书都看了。看，跟大佬只能较劲，不能较真，要是较真的话，对这种斥责应该当场这样回答：我不搞设计就不能觉得不好了吗？设计不是给居家的人用的吗？设计师的作品只是用来自恋的吗？白居易写了诗还要读给不识字的老婆婆听呢，老婆婆听不懂的就不算好诗。

写到这里，我觉得辩论手是征服不了大佬的，因为大佬也没什么特别的，和别人一样，不能被逼到墙角，而且可能更需为他留有余地。所以，征服大佬要自带城堡，而且还要在城堡里完成自我消化。

咽得下委屈是现代女人很重要的素质。我觉得我可以受中等偏下的委屈。二十多年前刚工作，我被领导在开会时很严厉地批评，说我对老员工不够恭敬，那时一个写小说的很善解人意的领导突然很吓人地脸变青了，喉咙很响，大意是“你一个刚进来的实习生居然……”我是个从小到大没被爸爸凶过一次的女孩哎……不过当时我忍了，因为爸爸没凶过我，但工作我需要自己找。我因为受不得委屈一直不是太进取，也尽量谋求不需要很多合作的工作，不去竞聘中层高层，我觉得这样受委屈的概率小一点儿。

在很多的中国公司里，女人要么在公司底层，拿着微薄的工资，可以爱谁谁，但是做到中层以后，就得和男人一样挨骂。

别的我不知道，杭州的房地产公司基本都是夜总会，开会可以开到天亮的。大佬们做到大佬的份儿上，很多已经失去了自我控制的能力，我听说过他们在开会时骂女高层女中层骂得很难听。也因此，当有人忽悠我说：你到房地产公司当个策划高层是完全没问题的时，我完全不会晕乎，我知道我不行。

我知道男人们也在受着各种各样的委屈，他们年轻的时候两手空空，受这个世界的气，老了以后哪怕拥有很多，也会受自己的气。谁说一个 60 岁的男人和 30 岁的女人在一起，没有自己的沮丧呢？这世界有很多委屈，即使两个人相爱，也会互相给予委屈。所以，我温柔地认为，如果给予的温柔大于委屈，就吃进，不过如果反过来，反正女人们都自带着城堡，怕什么？

chapter

21

啥也没落下

汪峰老师上头条的事牵动着全国人民，虽然他的离婚感言赶上王菲离婚和恒大夺冠没能上头条，出新歌又遭遇众明星围剿，但“帮助汪峰上头条”上了新浪微博头条。2013 年 11 月 9 日他在上海 8 万人体育场对章子怡的表白，8 分钟，中心思想是基本上满眼看去都是坏人，他俩是被全世界追杀的。

凭良心说，他的歌真是不错，很多人摸着胸口想想，在很多个孤独的奋斗的夜晚，也唱过“我在这里寻找，也在这里哭泣”，他的歌给了自己安慰和坚持的力量。那为什么这么一个正面丰满的形象，变成了笑料呢？我觉得是汪峰身上有一种排他性的严肃，很不地道。英文里“除了”有两个词，except 和 besides。besides 是除了我，你们也这样，except 是除了我，你们都不这样。汪峰所有的表达都是 except 系列的，他不和别人共呼吸，不体谅，他是单独的王。在那些发生的事件中，他都是个被迫害的，受伤的。比如离婚感言里写的“告别了曾经的那些烦忧的纷争，和过往绚烂的虚妄说一声再见”。即使不是他的出轨导致的离婚，这样评价过去和另一个女人，都说明了他的自我和精神的狭窄。总体基调怎么着最起码也是我们都受伤了吧，无论什么理由抱歉吧！表白也是如此，如果我是他，一定会加个帽子：和你们中的大多数人一样，我们在选择自己生活的时候总是会被误解。这是因为陌生的人要互相走得很近不是件容易的事，我能理解所有的猜测甚至不怎么友善的评价，但你知道我是真诚的就够了。然后再唱爱你是不是要舒服多了？我觉得他不是情商低，而是一个精神上长期自我的人。这种人在个人的情感表达上会强烈而悲壮，我们在听歌的时候恰好也沉浸在个人情绪中，所以非常有共鸣，但在公众面前发布跟人际关系有关的言论，就要考验人性的宽度了，于是汪峰被烤焦了。

他出新歌《生来彷徨》那天，新浪采访了他。他说了句很倔强的话：彷徨的不是我，是你们。又 except 自己了。他招人嫌的地方就在这里，跟个全知全觉的上帝似的。有人为子怡捏把汗，汪峰那种演艺男靠谱吗？周围多少无知少女献身？性格极自我、理想、固执，找他自讨苦吃。又有人出来爆料，说之前女歌迷为他洗内裤为他堕胎为他做再多都要藏得严严实实的，搭上天之骄女便马上憋不住昭告天下……我觉得洗内裤什么的不用说了，做个爱情的奴隶是每个人都心甘情愿做过的事，我的意思是他的选择性表白，他知道什么是轰动的，他早就不是一个清贫的边缘摇滚歌手了，他富有才华和激情，又精于算计，因此名利双收。实际上他什么也没落下。

但是，一定要祝福汪峰和子怡，无论这段爱情能走多远，只要这份爱让你“想在今夜的街上爱到死去”，哪怕是瞬间，也值得珍惜。人生中任何时候有这种感觉，都是赚的。

chapter

22

离婚和隐婚

汪峰的歌写得挺好的，做《好声音》导师说得也不错，有很多人还喜欢他的笑容。可是不知道为什么，我认可他的一切，就是不太喜欢他。他离婚这事坐实了我的不喜欢。

在我看来男人离婚，不管谁的错，最重要的态度是认了，并对过去有个公平的感恩的评价。但汪峰在王菲李亚鹏离婚的同一天发的那篇云里雾里的中学生作文般的离婚感言显然不是如此。一是他把之前的婚姻描述为烦忧的纷争，生命中不能承受之重，绚烂的虚妄。怪不得前妻后来要跳出来说离婚明明是你隐婚，你出轨。二是他老提他妈，感言里说：妈妈对不起，从你忧虑的眼中我看到了你的担忧；前妻发言后又说：妈妈含着泪告诉我要沉默，因为沉默是金。成年男女的事，弄得自己受迫害，而妈妈介入很深的样子，有意思吗？

出轨不出轨的就不说了，没有什么会永垂不朽是吧，但把自己整得脱俗高远，把过去形容得一地鸡毛，否定曾经的美好，不是很厚道。还有就是隐婚这种做派我很不喜欢。之前最著名的隐婚明星有两个，成龙和刘德华。说这样做是为了演艺事业啊，为了粉丝啊，我觉得都是鬼话。成龙不用说了，现在还有大鼻子公主流落在外呢。刘德华是杰青，没啥正儿八经的鬼混记录，但把朱丽倩藏十几二十年，不就为了精神上享受人家的投怀送抱么。

我觉得婚姻虽然是隐私，但隐婚是一件挺猥琐的事。经常看到奥斯卡领奖台上明星们的各种感谢，大多都会感谢自己的家人爱人。为什么？分享你的荣光啊！你在外面多光鲜啊，全世界的人为你尖叫，没家人什么事？你在家里放屁、抽烟、发脾气，最自然最可恨的一面给了家人，给了爱人，人家包容着你爱着你，有成绩了你是全世界女人的高富帅单身汉？你老婆不能说“我老公是汪峰”炫耀炫耀？你非得要求人家只负责带孩子，不得以你为荣，只爱你放屁的样子？这也太精明了吧。所以，但凡隐婚的人都想捞点感情的外快，汪峰出轨证据，前妻都去公证处公证了，当然也没劲，说明人家恨你了，最后变成精明对精明。

反正我觉得隐婚是一件挺土豪的事，这点年轻一代好多了。你看文章啊佟大为啊李小璐啊高圆圆啊，跟谁好了就承认，跟谁结婚就牵手，互相尊重，特别坦然。文章和马伊琍结婚前几年，不断有记者问她：你们相差9岁，你有安全感吗？马司令听烦了，说：没事，我做好离婚的准备还不行吗？呵呵！

不隐婚的人生活也会变化，凯特·温斯莱特啊麦当娜啊都结好几次婚了，但每次都大大方方的，该谁是谁。这就是感情上的君子。反之，除非对方强烈要求不公开，否则，就是你太不地道。

chapter

23

你若安好，就是晴天霹雳

看到一条新闻，一对结婚15年的重庆夫妻4年前离婚，孩子归女方抚养，5套房子，夫妻俩各拿一套，另3套50%产权归妻子，50%男人赠给儿子。另外，男人再按年付上年度总收入的25%作为儿子的抚养费。如此，4年中男人付了30多万抚养费。4年后，男子提出因为收入下降，家庭负担重，要求每月付3000元抚养费，被法院驳回。

法院的判决从法律上是没问题的，因为这离婚抚养协议是双方自愿签的，而法院查证男方并无明显收入下降，税前也有37万多，交个税每个月4000。但是细算一下，就经济部分，男方现在的日子真没女方好过。75% 的工资也就 25 万不到了，太太全职妈妈，要养老婆养孩子养房养车。女方手握 4 套房子，每年男方再给 8 万，自己基本也不用工作了。

估计是男人提出离婚，所以财产上做了较多让步。我看新闻评论里都认为他活该，他应该大出血，然后引用欧美的法律，离婚就是破产，不仅要养孩子，还要养前妻呢！

可以这么理解前妻：本来你和你赚的都是我的，现在你走了，钱养别人去了，好歹多为儿子扒点回来。至于你日子难过，老娘就管不了那么多了，不再同床睡，煎你没商量。难道我还要体谅你在后妻那里男人的面子？我爱心泛滥啊我！

但是，也不知道是不是因为我已经沾染了女汉子习性，看这条新闻的时候怎么这么同情这个男人呢！既然传说中欧美男人离婚离不起，我就去翻了美国的法律，大部分的州离婚也就是财产一人一半，像施瓦辛格这样出轨的，因为婚后他赚得多，本来不用付一半，作为惩罚，也就分老婆一半。所以我觉得重庆这男人做得已经比美国法律还照顾女性了。房子给儿子了，每年 8 万块钱其实是在养前妻。另外，美国的法律在男方再婚后是会调整抚养费的，总不能把一方逼死对吧？但我们这里，大家都不同情这男人：4 年前你没想过再婚生子？签了你就认了吧，谁让你要离婚！

唉，也不知道是不是我理想化，我觉得要我是那个前妻，就少要点算了。男人也不容易，之前就算有恩怨，人家在经济上也一直补偿来着。一年多拿 4 万，自己在对方心中变成个吸血悍妇，好像也挺没劲的。毕竟是孩子他爹，总有一份亲情在，再说逼死他他也不会回来了。

我特别喜欢《一个陌生女人的来信》中的那句台词：我是有自尊心的，我要你一辈子想到我的时候心里没有忧愁，我宁可独自承担一切后果，也不愿变成你的一个累赘。我希望你想起我来总是怀着爱情怀着感念，在这点上我愿意在你结交的所有的女人当中成为独一无二的。

十几二十岁的时候，好像我们每个人都有这样一颗高洁的心，后来渐渐地，我们被生活打垮了，只在意自己分到了多少。

chapter

24

绝望的主妇

前两天看到一条新闻，女人生了孩子以后怀疑男人有外遇，趁男人熟睡之时剪掉了他的命根子，而且无知或是狠毒地把剪掉的部分带走，错失8小时接活期，留男人在病床上，此恨绵绵无绝期。不知道这对夫妻之前有没有历经查手机、逼问、吵架、打架、砸东西、转移财产等常规过程，反正我们看到的已经直捣黄龙府。真的很悲剧。

我想起前两年我一直追看的美剧《绝望的主妇》里面有一集，40多岁的Lynette突然知道20年前和老公Tom恋爱出现问题的那段冷静期，Tom和自己的好友上过床。而那时她还在自己家反思，看到妈妈在做饼就想着这也是自己想为Tom做的呢！好家伙，原来你没闲着。知道这事后，Tom就经常出点小意外，递给他的咖啡说是凉的结果把他烫个半死，被水管里的水浇一身，坐沙发缺个脚摔个四脚朝天，楼梯上涂了花生酱滚下来，做演讲的PPT中被加入了同性恋照片……朋友劝她，够了。Lynette说，在挑明这件事之前，我还有很多气没撒完……我看了笑死，觉得她的方法很科学，过错方要获得谅解，总要出点洋相，完全仰仗对方的宽容是不可能的……后来他们在床上回忆了一起为人父母的成长过程，想想相对这个漫长的过程，20年前的这场意外也算不了什么，然后就好了。所以，美剧是很有人生教科书意义的，它会教会我们看问题的角度。首先，不是所有的婚外恋都要导致夫妻分手，二是被伤害的一方有权宣泄，三是养儿育女会让婚姻更牢不可破。

Tom比开头那个男人幸运多了，只是吃了点小苦头，底层妇女玩不出Lynette这么多花样，只认万恶之源，人生就变得无法挽回。很有必要普及些务实体贴的人生道理：婚姻确实在物质上确认互相保障，但人不在你的物权范围，虽然婚姻要求彼此忠诚，但DICK偶尔没管住，你也只能在其他方面得到些补偿，直接私刑是不行的。

有的人认死理，死理认识起来比较容易：忠诚，诚实，互相透明。你不忠诚了起码对我诚实啊，你告诉我啊！Lynette也问过 Tom 这个问题：在我们 20 年的婚姻中就没有一次合适的对话可以让你提起这件事吗？ Tom 说："怎么提？嘿，猜猜我跟谁上过床？"是啊，事情都过去了，两人过得好好的，那不是破坏气氛吗！

其实忠诚也分好几个层面，一是对婚姻对象的，一是对自己的。有的行为对婚姻有错，该说 SORRY，但要允许他把那份错埋在心里，动不动让他坦白交代，把分分秒秒拿出来示众，批倒批臭，其实也是一种精神强奸。很多这样的事，一方出轨，有理的一方非要对方把出轨的那段说得一钱不值才安心。这其实没什么劲，因为你在逼迫他对自己不忠诚。

这些话不是大道理，你想明白其中的逻辑利人利己，谁能保证你的生活里没点小磕碰呢，太生硬解决不了问题，而男人的 DICK 和女人的身体本质上都属于他们自己的。

chapter

25

闺密和良家妇女

田朴珺同学自从做了王石的女朋友，就人红是非多起来。最近她在某杂志写专栏，第一篇写个名人：我的男闺密，你不知道的陈可辛。文中所写无非是对陈一些片断式的描述：表达直接，在意打扮，宠女儿什么的。文章出来第二天，陈可辛就很高调地说：要说闺密，我只有君如一个……搞得一些看戏的人很兴奋，觉得小田被打了嘴。过了两天，吴君如又出来说：不用理会什么闺密或龟密，反正我知道他的心（和财产）归ME！话虽说得好玩，但我觉得这两公婆太小气了。就算小田说的闺密你不认，也不用两公婆接二连三打人脸吧。搞得有仇似的，有多严重？我看了全文，小田被攻击最多的无非是说陈可辛是可以二十四小时随时打电话给他的朋友，不过她也写了：他通常的回复是“我一会儿打给你”。

有什么呢？很值得生气吗？我甚至在字里行间看到了小田认为陈是个需要包容的男人，而君如理解并包容着他。反正我看不到任何恶意，也看不到什么暧昧。

客观地说，可能闺密这个词每个人理解不同。比如，我周围的男女同事们中午经常一起到食堂三楼吃个一小时的饭，互相聊聊自己的心事，互相都称闺密，我们谁也没当回事。我的那些大学同学，人到中年，只是偶尔聚会，但彼此感到亲切，也互称闺密。男女之间，说是闺密，其实我觉得是彼此绝缘的，所以，GAY 们是很好的闺密人选。可能在一些相对保守的环境，觉得这个词很严重。也可能，身在北京的小田的用词没有被在香港的两位准确解读，但我还是觉得两公婆不会不了解这样的表态是连环打人脸。

在微博上写了这个感想，很多人不同意。不同意没关系，每个人的沸点和冰点都会有些不同，就讨论我觉得可以接受，但关键是太多的人上来就说小田贱人啊不要脸啊 BITCH 啊攀高枝啊活该被打啊，一副良家妇女的样子。这些自以为良家妇女的人骂别的女人完全心理无障碍，她们就是觉得自己跟着君如被侵犯了，扯着嗓子下流话乱骂一气，然后站在道德制高点上摸摸胸口，好像跟着出了一口恶气。也不知道她们的郁闷在哪里。

我觉得这些自认为的良家妇女内心的不安全感非常严重，对自己的境遇也一定不满意。在她们眼里，那些混得出挑点又不够温顺的邓文迪啊田朴珺啊都是贱人。我替她们说句话我也是贱人。在留言里有个男人骂了我一句难听的，他老婆在下面留言说本来心情不好，心情一下子好了。我觉得她的症状很典型：在对别人无下限的贬低中获得快感，说明精神生活中快感真的不多。

这些暴力型良家妇女很可怕的，以前给越轨妇女浸猪笼这种事她们没少干。而自己，通常说得好听，底线未必高。通常比她们混得好的都是婊子，人家表达文雅点，就骂人绿茶婊。那，您这种叉腰脏话下流话连篇的呢？地沟油婊？

chapter

26

阴道的独白

北外的女生搞了个行为艺术，题目是“我的阴道说”，每个人举块板，上面写着阴道想说的话。比如：我的阴道说“初夜是个屁”，我的阴道说“我想让谁进入就让谁进入”，我的阴道说“我想要我想要”……尽管也有相对传统的“不要以爱之名”，但因为前缀加了“我的阴道说”，所以也不被很多人接受。阴道，除了医生可以面无表情地说，你们这些大女孩家家的，怎么可以？这，这，这，姑娘们，你们也太超前了吧！更严重的指责是：这是一种意识的堕落，是肉体的麻木，是一场有伤风化的炒作，落下一身羞辱，赚取满地口水。

真是秀才遇到兵，有理说不清。女知识分子的表达总是容易被误解，她们对性的表达其实跟医生差不多，医生是从生物学角度，她们是从社会学角度。说实话，真正对性开放到麻木的人才不会来搞什么行为艺术，行为艺术针对的是女人在性上的纠结。在一个底线不断被拉低，文化却耻感的社会里，女大学生能够以这种方式发言是知识的勇气。

听说现在每到周末，大学校园门口也有很多接女生的汽车，同一个世界同一个梦想，同一个雾霾同一个向往，也不能要求所有大学女生都嫁给清贫的物理学家或者诗人。但校园还是有些不一样的，总有些学院气重一点的女生，会对两性关系或其他方面做更深层的思考和实验性的表达。去年，广州女大学生搞了个行为艺术：占领男厕所。她们认为，表面上看，现在男女厕所1:1，但男女构造不同，如厕花的时间不一样，实际是不平等。她们向市民派发呼吁信，希望立法增加女厕所位，使女性厕位与男性厕位的比例达到2:1。后来还有专家出来说，实际应该达到5:1。今年妇女节，还是广州女大学生，搞了个吃咸猪手反职场性骚扰的行为艺术。戴着红边近视眼镜的年轻女大学生面对镜头很诚挚地说：希望以此行为把职场性骚扰放到一个公众的视野上面，呼吁立法层面对妇女的保护。这就是受了教育的女性应该做的事啊，难道只在厕所排队时骂娘，被骚扰时将计就计啊？

我在上大学时也属于比较愿意表达观点的女生。那时我也时不时地抽抽烟，表明我的自由我做主，不会按照社会对女性的既定角色要求来塑造自己。后来我不抽了，是因为觉得烟实在不好抽。但这只说明当初选择的表达方式有点牵强，并不说明借以表达的理念有问题。工作后，我也经常发表些很容易被误解的观点，类似于“我的性我做主”，“性不是拿来压制的”之类，在讨论婚外恋时我还说过“不要只会以道德的立场来解释两性关系”。演讲完后我内心爽爽地离开了，过了一段时间，我被告知，坊间流传“鲁瑾这个人心中没有道德二字”。

这只能说明，观念探讨的土壤还不够深厚，中国人普遍的思辨习惯还没养成。

chapter

27

纯粹和分享

伊能静微博曝光七月在土耳其被小她 10 岁的男友秦昊求婚成功。在这两天前，她发了一个心声帖："女友问，你难道不希望男人给你买房买车买包？我说可以啊。但房子我有，车子我没驾照，给我也没用。买名牌包我了解得比男人多。比起来我更希望他买书、买电影票、带我吃烤串喝小酒或旅行。我靠自己拼了物质，所以爱的时候我可以最纯粹，除了爱也只是爱。"我理解她的感受，有一种深切的自豪在里面。所谓爱之纯粹，不是因为天真无知，也不仅因为千帆过尽，而是拥有让爱纯粹的能力。

我相信有很多人仰望着她的状态，却怀着自己的心酸。到网上搜搜“卖身救父”，可以搜到很多案例，有女大学生卖自己未来的工作时间的，有卖婚姻的，有卖自己身体的。1995年我爸爸生病，肝癌。在很多医生表示悲观后，有一个医生说：还有一种方法是肝移植，所需费用是30万。当时我们的存款只有不到10万块。最后没有选择这种做法不单纯是因为钱，而是因为医生本身对肝移植能达到的效果也并不是太有信心，但当时我面对医生的脸是非常绝望的：医学上的绝望和对于命运没有还手能力的悲怆。那时我骑车在路上，常常就一脸的泪水，要是那时有人可以救回爸爸，我是愿意做任何事情付出任何代价的。

这两天，同学在群里发了一条某成功女企业家的感想：“一个女人努力地工作，为的就是当站在我爱的人身边，不管他富甲一方还是一无所有，我都可以张开手坦然拥抱他。他富有我不觉得自己高攀，他贫穷我们也不至于落魄。”成功的女人真的可以有各种自豪，而沉默的大多数不漂亮、能力普通、智商平平、出身寒微、机会稀少的女人们的人生，在成功女人的各种箴言下，显得黯淡猥琐，一点都不光明磊落。她们在选择对象时无可避免地有过各种掂量：家世、工作、房子和车子……她们想有一个相对轻松的开始，这并不意味着不想付出什么，她们也想从此执子之手，与子偕老，一起生儿育女，共度岁月。但因为有了物质上的期望，连着情感的品质似乎也贬了值。

伊能静和女企业家的感言都很励志，也很能打动职业女性的心。如同现在的我，虽然比伊能静要差很多，却也可以自豪地让爱很纯粹了，但我心里并不敢因此小看“不纯粹”的爱，不敢认为它们是不高贵的。

也许我们可以换个角度，除了成为独立的女王，另有一种人生也值得尊重，那就是分享。离婚时财产为什么要分一半？因为法律上认同婚姻内的财产是共享的，实在分不清男人在外面对生意场和女人在家面对琐碎，哪一种更辛苦。在国外，离了婚前妻没人接手男人还得付赡养费呢！其中的法理就在于既然人生相互交融，没有谁占谁的便宜一说，分享天经地义。

现代女性对自己要求实在是太高了：物质上不投靠不说，还随时可以反哺，精神上亦可合则灿烂，分则无情。固然从承担上减轻了男人的很多压力，但也得给男人一点面子啊！我们可以什么都和男人分享，你怎么知道男人就不享受分享的快感和成就感呢？

靠谱 贰

KAO PU

chapter

28

会不会说话

等电梯时有人看着我说：又瘦了。我听了很浅薄地一阵开心，半推半就地说：没有啦，体重也差不多……话音刚落，就听她说：胖点好，胖点皱纹少……

另一次下雪天我摔了一跤，身上青一块紫一块的，像所有欠扁的微博控一样疼痛一减轻就发了条微博，下面马上有人体贴地评论：鞋底要防滑，走路要慢，一个脚印一个脚印地印着出去才不会摔！年纪大了不经摔的……

还有一次也是在电梯里，友台的女编辑很热烈地对我说：我有朋友特别喜欢你的节目，天天听，还看你的微博。在有好多人的狭小的空间里我矜持地感谢，然后，她石破天惊地加了一句：TA 说你到更年期了……

电梯真是个小社会，我被他们搞得忽冷忽热。我无法从他们无辜的表情中看出任何不善，只能说，他们都是实在人，说出了内心真实的想法，而我，只是脆弱地被真实小小伤了一下。

明明是实在的话，为什么会让人不开心呢？是我太虚荣了吗？为了开心是否就可以不说真话？作为一个爱思考的人，我经常自己跟自己辩论。我想起了另一件事：我经常臭美地请摄影师帮我拍些照片，放到网上。摄影师拍的嘛，都抓住了你最好的一面，会有很多人在下面夸你，我也就完成了自我麻醉。也有些冷静的，有一次一位经常留言的很有见地很正派的博友，有节制地评论道：你也认为女人的长相很重要吗？

呃……良药真心苦口……吃了这味药，我决心申诉一下，鼓起勇气回他：你说的不是不对，但一定要现在说吗？会不会，有点扫兴呢？

我突然就明白了，真话没错，但我感觉不好也没错。因为人除了面对真实以外，还有一种叫趣味的东西。有很多好人正派的人在情场上敌不过一个人渣，原因很可能就是，在趣味上，差了那么一点点。

那，什么是趣味？我觉得趣味是对人性和表达丰富性的一种了解和理解。比如人性中有一种叫虚荣的东西，女人喜欢被人说漂亮年轻，不管这是不是真的。这没什么大碍的嘛，你忽略她的胖和皱纹会死啊？会妨碍你追求真理啊？她对美照嘚瑟一点儿你就温暖地笑笑呗！有个朋友前两天发条微博：花香鸟语，山风吹乱了头发。可惜采茶的没有姑娘，只有大妈。他这一“可惜”，把我们这些大妈都搞得很不高兴。

所以，能不能上纲上线一下呢？不会说话，有时是木讷，脑子不够快，但归根到底是个情怀的问题。看《超级访问》，李静戴军采访章子怡。小章说外面的是非从来不在家里说，怕家人操心烦心。但她妈出去，经常有一起锻炼的伙伴拿着报纸去问她：哎，你女儿是不是在打官司啊……估计这是程度最浅的了，她妈一定听到人们欲言又止地跟她说：你女儿和那个外国人光着身子在小岛晒太阳哎……

chapter

29

原谅别人的小错误

有这么一件事，一些媒体接到了一位王先生的投诉，他在京东商城购买一款 59 元 E 途导航仪，下单成功，次日京东单方面取消了订单，京东客服表示，促销客服在病中误将 599 元错标为 59 元，称补偿消费者 50 元的代金券。类似的投诉有十起。投诉者坚持认为客户下单就是签署了协议，不会因为京东卖萌就妥协。他们指的卖萌是京东客服的三个对不起：对不起，恳请您原谅一个病中女孩的无心之过；对不起，恳请您原谅一个企业的艰难；对不起，恳请您给我们一个生存机会。据京东的描述，2 小时内下单了几万台，如果按订单发货，他们将承担2300多万的损失。

媒体坚定地站在消费者这边，律师也认同对协议的遵守。但我看到他们的三个对不起，心立马就软了，脑子里出现一个骑摩托车的或开QQ的把奔驰保时捷撞了的那种无助。本质上我是个规则动物，遵守规则才有秩序。但现实的某些时候，一定有比规则更动人的做法。去年南京一辆东南菱悦轿车撞上了一辆1200万的劳斯莱斯幻影，还是限量版，劳斯莱斯幻影估算维修花费80万，菱悦全责，保险外还要付50万。最后，劳斯莱斯出于同情不追讨了，赢得一片赞誉。能力强的一方承担更多，原谅更多，是这个世界的温情。

京东这件事，像往常一样，消费者把自己当弱者，卖方是强者。遇到事情找媒体投诉是当前最简捷的方式。而媒体也喜欢这种投诉，因为媒体其实是个小媳妇，这也不能说，那也不能说，能揪住骂骂的也就是些商家，而且还得是没投广告的商家。好不容易逮到一个，还不大声地正义一下！但凭良心说，商家中虽然也有些蝇营狗苟的，但要说他们现在有多强势肯定是算不上的，网购一个差评就够他们计较半天了，在商业竞争充分的领域，商家无法赖皮。

如果是我，愿意接受京东的道歉和50元赔偿。因为我觉得这个错误的后果并不十分严重。我不会为了得到一个明显是市场价将近1/20的物品而让别人蒙受巨大损失，我觉得不划算。我得到的便宜有限，别人的损失却很大，搞得心里怪不落忍的。精神上的不落忍也是一种折磨。前两周有个人捡了 10 万块钱，千方百计去找失主，找到了，原来这钱人家等着救命的。人人都有利己心，这没错，凭空得 10 万当然有诱惑，但我想他一生都会肯定自己做对了这事，10 万没拿到，换了个心安。

有人举例阿里巴巴因为错发短信赔了 236 台 iPad，机械规则控们不会去深究 100 万对一个大公司和 2300 万对一个小公司的区别，他们甚至还希望以别人的倒闭来写个心灵鸡汤，在睡觉前念给孩子听：标错一个小数点，断送了企业的生存。可是我更愿意念这样的版本：后来，大家都原谅了那个说了三个对不起的女孩，跟她说：早日恢复健康，下次要更仔细哦……

chapter

30

贱人就是矫情

前天早上我穿了件今年流行的黑白大格出门，出门前脑残地对着镜子拍了张照片，某人说：你这是去下国际象棋吗？我把照片和这话都上传了微博。一般这种轻松可笑的微博大家反应都是乐呵一笑，有人夸个好看，有人开个玩笑：明明是F1的终点旗，或者，明明是某款地砖等。这时跳出一位很拉风地说：不太好看，怀疑小马哥的水平了。后面还加了个抓狂的表情。

“不太好看”这话没什么的，我有基本理性的，也不是说不得的人，但觉得后面那句话加表情很挑衅，刚好堵车没事，点进去那个人的微博发现是放了张美照的服装代理，就回了句：这梁子算是结下了。一般卖衣服的都喜欢昧着良心夸人好看的，微博上没钱赚，正好拿我这样的在小范围偶尔收获赞美的小名人发泄一下。然后她没完了，义正词严地说：不是每个人都冲着钱去的！既然发到微博上就可以让人公正地去点评，看来不能说实话应该说奉承话哦，你让我大跌眼镜，完全不必失去一天的好心情，云云……把自己整得很无辜很淡定很高端。

说实话，我见多了这一类，简单形容就是阴阴地黑你，泼你一脸，你反击一下，她就装高端：哇，这么计较啊，还是个名人呢！她向你泼粪，要求你用手抹抹脸，依然对她笑容灿烂。这样的装腔作势正好应了华妃娘娘翘着兰花指，撇着嘴说的那句话。

去年我在微博上还和另一个高端干过一架。一个做美容的连锁店老板，在微博上激励她的员工：要好好工作，否则只有穿不完的地摊货，逛不完的菜市场。好好工作没错，但后半句很贱。逛菜市场怎么了，地摊货怎么了，普通生活玩得开心才是本事。我觉得这话很土，而且有压迫性。你想，她那些给人做脸揉背的员工，骨节做得很粗大，一个月也就两三千块，你又不能每月给她们增加 5000 块，却破坏她们享受平常生活的乐趣。貌似告诫孩子们生活的现实，但尽用些庸俗的没良心的励志理论。她可能希望社会对她的认知是除了会赚钱，还是个优雅的心灵导师。可电视台的同事告诉我，她在外面说“每年在我这儿花 18

万的那些人钱多人傻”。露馅了吧，她的内心对人是没有尊重的，对行业本身也没有真正地尊重，那么，SO，赚钱就行了，别装了。

说实话，我们都有装的阶段，装的时候。我在大学时假装叛逆，摆抽烟 POSE 的事也做过。以后也假装过不爱钱，假装不嫉妒，假装英语很好，假装不在意别人恶心你，恶向胆边生时伤了别人假装无辜……都做过的。凭良心说，知道往好了装，至少是非观念是有的，心里是有杆秤的，只是还不能承认自己不好的一面。我个人的体会是只有敢于面对内心，才有真正的强大。然后，该承认承认，该道歉道歉，该坚持坚持，如此才会成为更好的自己。

chapter

31

懂事

作为一个生活方式单调不健康的人，我一天会有十几个小时泡在网上。某天晚上，有人在微博上问我：你们还要不要童画？之前向阳花基金在收集儿童画进行义卖帮助贫穷的意外受伤儿童。现在还要不要这个问题比较笼统，需要具体沟通，比如多大的孩子的画，什么类型的画，我们会做些挑选。我一看时间，十点四十了，就回答：具体事项可以和@陈周剪剪联系。过了五分钟，他又给我留言：我给她留言了，她不回我！我说，现在几点了？快十一点了，同学。明天会联系的。他回：我也很忙的！

我无语，保持了沉默。我不能半夜三更给同事打电话，哪怕她是我的助手。第二天，陈周给他留言，讨论具体事项，他再也没回。

我必须懂事地说，他一定是个有爱心的人，否则，管你义卖不义卖。但他的方式确实不太懂事。不要说我们每个人都是在繁忙的本职外义务地承担志愿者的工作，就算是被聘用拿工资的，也总有休息时间吧，不能要求我们 24 小时在微博上随时出现，随时长篇大论回答问题吧？但我们不止一次地碰到类似的情况。杭报的庄庄采访我时曾问我是否会觉得委屈，我认真地问了一下我的内心后的回答是：不。真的不委屈，不仅仅因为这是自己想做的事，还在于，我不会为了树立呕心沥血传统正面形象而逆来顺受，去接受不合常理的要求，哪怕，你是为了献爱心。

懂事，是一种很可贵的品质。我昨天看到一个美国优秀老师给小学生的 55 条班规，里面有：与人互动，眼睛要看着对方的眼睛；同学受罚时不要看着他；接受别人的服务要惜福；去参观别人的地方，要不吝于赞美；进门时如果后面有人，要帮他扶住门……55 条中的很多条都是教你做个懂事的人。什么是懂事，就是了解常识和人性，理解常识下别人的需求期望和忌讳。我们从小没有这样具体的班规帮助我们矫正行为，蛮遗憾的，哪怕在成长的过程中自己感悟学习到很多，但对照起来，觉得还有些做得不够好。比如可以做到不插队，但看到别人插队难免还会大呼小叫，而老师的意思是不要大呼小叫，让老师知道就好。老师说得有道理，得理不饶人会放大别人的错误，激化矛盾。

懂事的人比较容易站在别人的角度考虑问题，不懂事的往往拿着鸡毛当令箭。这根鸡毛可能是“我们想献爱心，你们慈善基金不是应该珍惜我们，随叫随到吗”，也可能是“你们做服务行业的，顾客是上帝，顾客的需求你们应该完全照办”……写这篇文章的时候，有个上海人发微博吐槽：“我去‘真功夫’，用上海话点餐，店员说听不懂让我说普通话，我说你在上海做服务业要会上海话！过来一男一女两店员帮腔说让我说普通话，特别是一男的还两眼一瞪凶得要命！”网上很多人骂她，因为不懂事嘛：是你说普通话更容易，还是让刚从外地来打工的年轻人听懂上海话更容易？

所以，别讲太多大的，面朝大海，春暖花开，从小处开始，让我们做个懂事的人。

chapter

32

别扭之人

《我是歌手》尚雯婕出局得很突然，完全没前兆，是速死。之前磕磕绊绊的沙宝亮周晓鸥都逃过了，原因是周晓鸥抽到了饭碗里的《无地自容》，而因为尚雯婕抽到了她非常不屑的口水歌，在台上进行了自杀式表演，沙宝亮也幸免。

从规则由自选歌到转盘选歌，尚雯婕抽到S.H.E的*Super Star*开始，她的脸色就没好看过，明知在镜头前，也做不出乖巧点的表情。她掩饰不住对这首歌的轻视，在试图把它改得怪一点儿的想法被团队否定后，她就自暴自弃地在台上抡大锄一样地：你是电，你是光，你是唯一的神话，我只爱你，You are my super star……那一瞬间，我好像看到了别扭的自己。

嗯，就是这个类型，不完美，不懂事，不圆滑，一根筋。

2008 年集团为推广主持人有一些计划，其中包括拍一个电影。我因为在 40 岁这一年终于被评为六大名嘴之一，所以有机会参加。让我们去试镜的时候我是有些激动的，拍电影哎……到了试镜室，导演给我一张纸，说我的角色是一个爱打麻将的中年妇女，在麻将桌上数落女儿的男朋友，没钱没名的癞蛤蟆想吃天鹅肉……反正就是一包租婆形象。负责人还在那儿说这是为我量身定做的角色……我当时脸就控制不住地拉下来了，集团年轻美女如云是一定的，我也不介意去打个酱油，但这种恶俗角色，还说是为我量身定制，你们除了了解我的年龄外，还了解我什么？当时，我很知识分子凛然不可侵犯地念了这些台词，那样子就跟尚雯婕在台上找死一样。然后很傲慢地离开了。

当然，最后这个电影我没拍成，连这个角色也没得到。谁想来迁就你这个名气不大脾气挺大的老女人啊，这个大院，最不缺的就是又美又听话的。

在内心里，我不认为我一定是对的，好演员是可以演任何角色的。我只是在如云的美女中有些失落感，本来这失落感没那么强，因为我有我的优势对吧，要让我演个医生律师导演作家商界女魔头什么的也算搭上个边。让我失去仅有的优势，去烘托年轻美女的纯洁无辜，我那骄傲的心哟……

我觉得我和尚雯婕有共同的部分：我们很执着地去探究自己的可能性，她被称为雷母，但她的所有造型我都能接受，不一定是喜欢装扮本身，而是她自由主张的那颗心。这类人自我意识很强烈，对不属于自己的菜，碰都不想碰。我不想自我标榜，因为我看羽泉高高兴兴地改编小虎队，并说什么都想尝试的时候由衷地赞赏他们。我觉得他们怀着积极和乐观的心态，有很好的合作精神和自我调整的能力。但自己做不到那样。

在写这篇文章的时候，我又对其他部门的人摆了脸，因为他们要求我做一件我认为设计不合理的事。这样的事本可以眼一闭随和而傻傻地做掉，要说对我有多大损失，也不会。但脑子就是这么又锈住了。我原谅自己的理由是：我不是个全面的女人，就这样别扭着吧，顺利或者出局，听天由命。

chapter

33

正确的废话

上周某天早上开车出门，看到小区里一妇女拉着一条大狗在遛，遛到路边有草的地方停下来，我看到大狗右臀轻抬，一堆很粗的大便拉下来。我开过她们又停下来观察，果然，从后视镜里看到，狗拉完狗主人牵上就走，没清理。我把车退回去跟她说：狗拉了大便您应该清理掉。她愣了一下，表情很尴尬，也没答应，就走了。我把这写在微博上，说不知道下次她会不会带工具出来清理。

有人质疑我没看清楚，他们认为狗把腿翘起来一定是小便，小便是没法清理的。我不养狗，不知道是不是天下的狗都只会在小便的时候翘腿，我看到的是微翘，可能是家养的狗有一些卫生习惯，怕沾了自己的毛发。我跟那个质疑我的叫大狗警长的人说，我看到了整个过程，看到了粗粗的大便掉下来，也有养狗的朋友提到有的狗拉大便会抬腿。还有什么问题，先生？然后他就说我做这么猎奇的事，下想当然的结论，公众人物不能乱说，影响越大责任越大。我糊涂了：我说我做错什么了，你说这么多正确的废话？

我在做向阳花基金的时候也经常遭遇一些正确的废话，最明显的是在做明星饭局的时候。每人出 1000 元参加喜爱的明星饭局，餐饮是由听友博友免费提供。每次都会有人来质疑：为什么不把饭钱省下来？为什么不能喝白开水？为什么要跟明星吃饭？做公益应该一切都公开，不应该有花费！每当这时候，我就去看肉唐僧有关送饭党的微博，看他骂人，心里觉得很痛快。他们说的都很正确，但问题还是：我做错了什么？我很想在说以下道理前加一个粗口：公益饭局我只要不动用人们的捐赠款就行了，即使把捐赠的一部分用于饭局，只要事先说明也是合理的。至于让我们公开明细，这些人一定只会批判而从不关心，因为向阳花做得最好的就是公开。当然，就像你们猜的那样，那些说着正确废话的人绝大部分从没有参与过。不参与，懂得也是一种品德，但他们的批判只是为了给自己一个借口：不做是因为不相信。

我讨厌这些不讨论是非本身却说正确废话的人。还有一些，没那么讨厌，但比较无趣。比如老师和家长经常说：上课要认真听讲，不要玩，看题要仔细，抓住重点等。你倒是分析分析什么题目容易看错，怎样来提炼文章的重点啊。这才有意思。男人和女人间正确的废话也挺多的：不要太累啦……你这么好心，老娘拖地的时候你别看着电视里的小品傻笑啊！我不在乎你有没有钱……那男人说不急着买房先租着你倒是别拉脸啊！

说正确废话的人一般做事都不积极的，也不会比较多地去承担。因为真正做事的人，不愿意说些没用的话，要么帮忙，要么沉默。而且一般越做事的人越会懂得谅解、鼓励、分担，因为他们知道不容易。不做事的人，大抵只需在空气里混个正确，并且要求别人是圣人能人和完人。

可以以粗口结束吗？

chapter

34

迎合

一次节目，直播室来接班的主持人带来了他的嘉宾徐海星——第一季《好声音》学员。在舞台上唱《自己》，想笑着对去世的爸爸说，女儿见到了他喜欢的刘欢，把刘欢弄哭了。她因此一夜成名，但成名后出现很多负面消息：夜店照，和老男人相恋，说她一个酒吧驻唱女装纯洁……在最后的 PK 中，99 个媒体评审她只得到 28 票。当时现场的那种气氛，让我觉得娱记们拉低了《中国好声音》的品质。其实他们自己什么都玩，却对别人下手很重。

我不去夜店，但这只是个性的原因。我不会因为头发的颜色，裤子的长短把人简单分类。我也不认为唱歌狂野的孩子就不单纯，不认为说到爸爸流泪的女生就不能进酒吧而只能爱上同年龄的中学老师。但徐海星当时一定被铺天盖地的骂声吓坏了，这种后遗症估计现在还在。那天交班广告时我问她最近的情况，她简单地回答，显得挺有戒心的。

徐海星是《好声音》第一季第一期就出场的，我感觉还是挺真挚的。第二季新闻发布会的时候那英说对第二季《好声音》的学员有些失望，感慨他们来参加的目的也没有第一季那么纯粹、简单，他们的很多表现都只是为了迎合这个节目的需求，不是他们发自内心的表达。她说的也许对，但节目做到这个份儿上，它已经成了一个托拉斯，对谁都会有压迫感。说实话导师也一样。我看四个人那个闹腾样，谁没有迎合节目呢？导师都抗不过，你让那些生死掌握在导师和节目组手里的选手如何绝对不迎合？再说节目组自己也在变啊，没故事的时候拼命想挖故事，故事多了大家逆反了就要换花样。选手不说故事怕人记不住，讲了故事怕人说是炒作。你让他怎么办？再说导师毕竟是导师，我要是发自内心地烦你，我能当面说吗？就算你一开始没看出来椅子转过来了，还有下一场呢！

你可能在普通同事这儿不迎合，但在领导那儿很迎合。可能在同行这儿不迎合，但在客户那儿很迎合。人有很多弱点，也有很多恐惧，有时甚至不是为了得到什么，而是为了证明自己在人群中安全，比如大家都在说某某女演员是个公共厕所，你明明想说：“你怎么知道？”却说了一句：“娱乐圈嘛。”

很久以前有一个同事跟另一个同事说：你别跟谁走那么近，领导不喜欢她。我理解人心的弱点和恐惧，所以会谅解50步的迎合，但这个行为，我觉得是100步的迎合。

chapter

35

可不可以不勇敢

在萧山打工的22岁广西姑娘小张凌晨被踹门而入的壮汉强奸。壮汉手里拿着刀，进门后低吼：不许喊，谁喊我弄死谁！本地媒体的微博新闻着重写了小张1.60米的男友吓得一动不敢动，眼看着女友被强暴，还强调了壮汉被抓后小张男友问警察会不会被报复，引发了一片“这个男人去死好了”的留言。我很反对同行这样的人格逼迫，我觉得能都活下来是这起坏结果案件中最好的结果。上周我在微博上看到另一个事件：一对男女朋友在饭店吃饭，旁边有一桌人，冲着他们说话不干不净。男友说：何必跟他们一般见识，想拉女朋友走。女朋友嫌男朋友不声不响没血性，一边数落男友一边走过去和邻桌对骂，冲突中邻桌一群恶人上来捅了男友三刀，死亡，女友痛悔万分。

我们太强调宁死不屈了，不敢原谅一丝胆怯。面对蛮力我倒很能够原谅胆怯的人，因为我自己也很胆怯，我不会要求男人很勇敢，以命相搏，我会尽量不让自己和他人面临险境。大学的时候，和一个男生约会，晚上走在植物园到灵峰的小道上，漆黑寂静一片，路也不平，四周都是些破房子，我吓个半死，说“我们回去吧”，男生说“别怕，有我呢”。我当时心里想：有你又怎样呢？那些恶人光长恶胆恶力了，没你一个人遭殃，有你两个人遭殃而已。我们幼稚简单的文化中希望男人都是孙悟空。有很多女人心里有个理想化男人的模板，她们不知道，男人的力量也是非常有限的。那些银幕上塑造的本来就只是让你过过瘾的，意淫一下就好，别当真。

我不知道小张和男友还能否走下去，看上去难度很高。小张受了很大的伤害，小张男友会不会对女人的性有狭隘的认知；小张男友关键时刻没出手，会不会深刻地伤害彼此依赖的感情。我觉得会的，即使他们还能在一起，这件事的伤痛也会一直伴随，在不顺心的时候成为一个结。如果是欧美的电影描写这么个故事，会有对人性的深度探究，心理医生一定会出场。

我一个在美国的师姐，和丈夫结婚十几年。丈夫比她小，以前都听她的。但近几年她觉得这个男人没那么好把握了，就建议丈夫一起去看心理医生，给婚姻提点专业意见。他们在美国待久了，做这些很自然，但我们好像活得没那么精细。当然，我觉得心理医生也是把人性掰开了揉碎了做些分析，即使我们没有看心理医生的习惯，流行歌曲和心灵鸡汤里都可以学到些什么的。比如范玮琪有首歌《可不可以不勇敢》，这首歌就是让我们面对人性的真实：会很痛，会无法释然，会蹚不过去。这就是真实的我们啊！会胆怯会懦弱会辜负期望，我们希望自己更强大，但如果面临困境不够强大，谁也不要站在人格制高点说：你去死好了。

chapter

36

小心肝很坚定

替万科做了场音乐派对，凭票入场，场外还有很多人围观。门和舞台齐平，屏幕向内，围观的人基本看不到舞台。房产公司准备了有雪白椅套的座椅，派对一开始我就请工作人员收椅子，音乐趴啊，坐着有什么好趴的，边唱边跳才是王道。椅子收走，场内就有了空地，我高端洋气地说：请场外的朋友进来一起唱吧，音乐没有围墙！呼啦啦，都放进来了。然后我又煽动：台下的几个话筒在哪里？一起唱哈！这时，刚放进来的一个人，一边点烟，一边冲我说：你不要烦了，快下来啦，我们要听歌！

正被自己感动呢，马上被砸了场子。好在我几十年也不是白修炼的，很多事被大脑分拣后迅速集中，内心里各种准则绕了几圈，马上给自己一个说法：不要愤怒，要同情。大部分的人应该没有注意到我在台上的那个深呼吸，因为我心中有存货啊！这些涌入心头的存货中有一件对我影响很大。2000 年，在南京工作的德国人普方一家 4 口被潜入他家行窃的 4 个失业青年杀害。普方的母亲到中国，了解了案情后，做出了一个让中国人觉得很陌生的决定：写信给地方法院，表示不希望判 4 个年轻人死刑。因为德国没有死刑，她觉得，他们的死不能改变现实。当年 11 月，在南京居住的德国人和其他外国侨民设立了纪念普方一家的协会，用募集到的捐款为苏北贫困家庭支付学费，他们认为那 4 个年轻人都没有受过良好的教育，也没有正式的工作，而有机会的人，不会想去做这样的坏事。

这么大的痛苦那些德国人都可以选择越过仇恨来看待，我这种小事，就根本不算什么了。我请他们进来，当然希望他们能懂得并感受到我的善意，但如果他们的心还不能迅速接受并感知这种善意，或者还没学会以得体的方式表达互动，我虽然会有点小受伤，但不会受到本质上的打击，不会认为这是农夫和蛇，也不会因此接受另一种观点：这些低素质的人，不用同情他们，他们活该在底层。

这好像都是成长过程中给自己攒的信念。你不会因为某个个案而改变对人性和人生的看法。之前王菲和李亚鹏离婚，那么多的人说“再也不相信爱情了”，这个纯属引火烧身，人家自己都还相信爱情，你那么脆弱干吗？这都是些小心肝很不稳定的人，被漂亮女人甩了，人生信条就变成“美女都是毒蛇”；婚前买房子写谁的名字争了几句，信条就变成“女人都是为了钱”；某男出轨，信条就变成“男人都不是好东西”；负面得跟精神病很接近。

说句很鸡汤的话：人生就像一个厨房，材料差不多，就看你是不是个好厨子，能炒出盘好菜。大家都在练厨艺，好厨子和坏厨子的共同之处是都会被洋葱辣得泪流，不同的是坏厨子哭着说再也不吃洋葱了，好厨子则把切好的洋葱马上放到水里，或者，戴个潜水镜切，然后端到你的面前。

chapter

37

打了场诽谤官司

有人在微博上说他们被人在网上恶意中伤，勇敢告上法庭，称自己是浙江微博侵权第一案。当时我想，你是第一，那我是史前吗？！2011年，我倒真是把一个中年妇女告上了法庭，因为她专门开了个微博，所有的内容都是针对我：说我学历造假，把给听众的奖品占为己有，不会生孩子，被人包养，等等。听起来很无聊，但确实令人很生气。

我是在一个偶然的时间发现这件令人毛骨悚然的事的，对方在我开始写微博后也开始写，没别的，就是对我的刻薄诅咒和谩骂，她听我的节目，关注我平时的一举一动并做着自己臆想中的解释。

没有评论，没有转发，她就这样孤独地对付着我。很像古代的整蛊，拿一个小人，上面扎满了针，每天看着它泄愤。

我很惶恐地跟主任讲了这件事，才发现很多同事都知道，有的人还私底下一直在议论，但没人告诉我。这让我有点受伤，因为我一直以为自己和老老小小的同事都相处融洽，每次投个票选个什么的，我还都是得票挺高的，发生这样的事让我有些恍惚，不知道是自己在哪些事情上处理得不好呢，还是严重地得罪了谁自己却不知道。现在想来，可能有的同事没当回事儿，有的同事懒得仗义，当然还有很少的部分，觉得平淡的生活有了一种秘密的刺激。

此人对台里发生的很多事都知道似的，所以一开始我怀疑就是同事。我的处事方式是如果你直来直去，我可以温柔一点儿，你要是弯弯绕，我就直来直去。所以，我决定报警。

网警挺同情我，但他们不能随意帮我查，建议我先自己去搞清楚这个人是谁，否则告谁都不知道。我向新浪申请，希望能够帮我查到对方的 IP 地址，让我有个活人而不是马甲可以告。也被新浪拒绝了。

最后我还是搞清楚了，对方在网上有些蛛丝马迹，查来查去就查到了。当然用了一些不过分的非常规手段，类似美剧里通常会表现的一些钻合理漏洞的情节。结果让我大跌眼镜：是一个五十多岁的退休女人，很先进地天天在家刷微博，关注主持人，如同一个恶灵魂少女。

之前我在微博上表达困惑的时候，博友粉丝就要仗义人肉的，被我阻止了。粉丝真的很强大，他们中好几个就某个我提到的诽谤关键词搜索到了那个人的微博，但在我再三请求下没有公开。倒也不完全是我宽容，而是理性。我觉得会这样玩阴的人心理是很脆弱的，肯定比我容易崩溃，如果粉丝前去围观，保不准说些难听的话，我怕出人命。

但事实证明我的担心是多余的。被传召出现在法院的这个人是最普通的中年妇女的样子：胖，健壮，眼神正常。我走进去的时候，她已经到了，居然还很正常地说：主持人来了。我的律师胡正广和法律工作者李劲松在前期为这个官司做了大量工作。所有的侵权事实都截屏下来并经过公证，我们拎了十几公斤重的材料进去的。但这个女人看也不看，轻描淡写地说：每个人都有心情不好要发泄的时候，网上写写而已啊。

我到现在还不是很理解这个女人，我觉得她非常不合常规。一般来说，女人算计诽谤另一个女人，要么这个人和自己有利益关系，要么各方面条件相当，而对方得到的比自己多。所以传说中有这个女明星黑另一个女明星之类的事情。之前我被纸媒的妹子们黑不会写文章是可以理解的：同在媒体，管自己出声音就好了，还要去抢写字的饭碗确实让人生气。但要让我去黑章子怡肯定是没动力的，太远了嘛，我最多黑黑浙江广电的女主持。这个女人作为一个普通的退休女性，阴暗地在诚信品德各方面对一个比她小很多的女主持进行细腻的罪名罗织，这是要有多不切实际的怀恨啊，她能从这种怀恨中得到什么？

如果一定要有答案，我想她得到的是我的同事中很小一部分人在网络上的相视一笑，而她俨然进入了知情人圈。

当然，他们都是可怜虫。这个可怜的退休女人，最后支付了几千块钱的材料复印和公证费用，还赔了 1000 块。删微博道歉什么的她倒不在乎，只怕法院让她关掉微博，因为那时，她有了 600 多个粉丝，她怕那些粉丝找不到她了。

我没要求法院强制她关闭，因为从根本上，我还是同情她。

chapter

38

谁也别欺负谁

直播蛮考验人的，其中包括即时开着的微信平台有人挑你刺儿说些难听的，你得无视，平复心情，继续莺歌燕舞。前两天说上海一家3口因投资失败加信用卡透支还不出来烧炭自杀，我说信用卡透支也是有限的，估计还是投资失利，不知道我们国家的破产法怎么样，好像没见哪个个人投资失利申请破产的，然后说了保守个性和冒险个性不同的投资选择。事实上我们国家个人是不能申请破产的，所以也只能感叹生命诚可贵，什么样的绝境要搭上三条命。有听友在微信上冷笑着说：做节目前多做点功课吧，多了解些法规，就不会只唏嘘了。

我以为他是专业人士，忙请教：有关这个自杀事件，您的有关法律法规的专业意见是？他说：我不是专家……我说脱口秀节目对一个事件可以选择自己的角度，如果您有补充我乐意听取，吹毛求疵就算了吧。于是对方就表示要找台里反映我的不谦虚。我破罐子破摔地说：你快去。

我知道这么做不是太符合人们对主持人的期望，至少应该有则改之无则加勉嘛，呵呵。但人都有缺点对吧，我听不得哪句话不对就要去找领导治你的方式。我在这方面吃过苦头。以前有个监听员非说我在节目里宣传做二奶的好，我一头雾水，回去一听，原来是以老婆视角来讽刺：老婆总是处处节俭，订便宜机票，买打折商品；二奶今朝有酒今朝醉，刷男人的卡不心疼，所以还不如做二奶呢！怕人误解还加了一句：都是说说的，能做老婆谁愿意做二奶啊，老婆感觉多正啊！就这我被停了两个月节目，没地方说理。碰到没幽默感理解力有问题还特别来事儿的，我们都是弱势群体。

我对凡事找领导特别反感。高考前陕西某中学的学生因为撕书行为被老师制止，把老师打得头破血流。当地教育局和稀泥，给老师及家属压力，劝说不要报警。如果是被打老师自己的决定，可以说彰显了教育者的宽容，给高考生一个机会，但教育局这么要求就不对了。现在老师不再是米兰，医生也不再是天使，很容易成为社会情绪宣泄的靶子，遇事管事的就想尽快息事宁人，根本不想辩论事件本身的对错。前两天我去公证处，他们也诉苦：有些人不讲理，做析产啊继承啊，材料总要齐全，死亡证明总要有，没有就做不了，结果就大叫大嚷找领导。领导就批评，做不了解释啊，解释了？解释了还闹，说明你解释得不够，继续解释，直到他不闹。

我是不喜欢“顾客是上帝”“甲方是上帝”这种话的，我觉得人与人，无论处于什么位置，谁也别欺负谁，凡事都讲个道理。善意的沟通大家都能接受，拿根鸡毛当令箭，超越规则的人，人格上都很下贱。

chapter

39

谁都不易

一次去台州医院洽谈向阳花落地的事，和院长相谈甚欢。这个1978级浙大医学生说，刚从医那会儿，医院分工没那么细，没有清洁员，大家拖地打水抬病人都干。有一天晚上，一个病人去世了，他和护士弄一副担架把遗体抬到太平间去。走向太平间的小路黑乎乎的跟通向阴曹地府似的，他是男人，走在前面开道。到了太平间，还没开灯踩到一样东西，人一歪担架失衡，尸体掉到地上，女护士恐惧地尖叫，以为死人活回来了。开灯一看，原来踩到了另一具遗体的胫骨……然后只好双手抱着拖着把地上的遗体弄到板上去。那时医院还没浴室，回办公室洗手洗了半小时，快把皮搓掉一层。

现在这些事不用医生干了，但医患矛盾却尖锐了。门诊看病起身上个厕所，患者就不耐烦：医生也上厕所？病人太多，没时间吃饭，只好一边吃一边看。经常吃一口饭问一句：大便什么颜色？水样便还是成形便？大便出血血裹在大便里还是外面？有绝望的家属听说亲人无法治愈了，一把就把医生胸口的衣服揪成一个小山丘……

所以有医生家长死活不让孩子学医。上周还看到今年高考哪个地方的状元的理想是学新闻，可采访他的各路记者通通劝他别学新闻，也不知道跟他说了些什么，不外乎工资低各种做牛做马各种妥协，及妄谈新闻理想之类，搞得状元改主意了，说，要不，学金融吧。

经常有人问我，你做一小时节目，好轻松，做完就可以回家了吧？感觉光鲜的主持人做个节目就跟全职太太出来做个美容似的。我做节目跟聊天似的放松，你以为真的东拉西扯乱说的啊，主食调味怎么配，甜品怎么上，还得整出个私房菜的样子，真以为不需要时间啊！再说还有无穷无尽的活动策划文案，宣传带制作，小节目制作，营销配合一稿二稿三稿最终稿……这还是我这样老的，小的们还要被派去听这会那会，这零碎那零碎的。

周末商场打折去淘货，营业员特别客气，姐啊姐啊叫着，又递水又让坐沙发。我问营业员：你们一个班几个小时？她们说

7 小时。我不太享受瞎逛，走两圈就累了，将累比累挺心疼她们的。我说别人试衣服时你也坐会儿呗，她说不能坐，要扣钱的。七八个小时我也站过的，大活动或者几个活动连着，还穿着高跟鞋。前年的“20 年的青春和往昔露天音乐节”，做完穿着细高跟走回酒店房间，房卡却失效了。服务员帮我去换卡，我再也站不住了，就这样穿着大礼服坐在五星级酒店房间门口的地上。撑了一天，最后这一会儿撑不住了。那是因为之前一直在台上，心都是尖起的，那是一个非人的状态，一回到人的状态，就不行了。

那个在台上的状态其实是我们的信念。医生做 32 个小时手术抢救病人，营业员每天站 7 个小时拼一个未来，记者夹缝中写出的社会，主持人打开话筒的忘我，都是因为，心中有理想。

chapter

40

真心话大冒险

人与人，怎么亲近都不可能和盘托出吧，但又想知道他人的秘密，所以大家都玩真心话大冒险，其实就是想知道点八卦。《北京爱情故事》里夫妻俩玩真心话：你出过轨吗？生活太平淡了，找点不痛快。几年前《将爱情进行到底》里10年后的同学会，杨铮和文慧也被问当初的第一次。他俩无言以对只能喝酒，因为情深深雨蒙蒙，却从没那个。这完全有可能，无法把控的时候不轻易越轨也是青春之一种。但没做什么让他们觉得很没劲。

也是，这个时代对性的态度不是拒绝即自主，不是后悔做了什么，而是后悔相爱的时候什么都没做。于是两人就离开同学们去做。徐静蕾（文慧）去买安全套，投了钱，东西出不来，她对着自动售卖机拳打脚踢，开着伤痕累累的面包车去找被儿子打出去的李亚鹏（杨铮），拉着杨铮的手进小旅馆。只是现实实在太伤人了。当他们试图用激情找回当年的感觉时，却被扫黄的警察带进派出所，闹出一连串笑话，还和前夫在街上打了起来。在经历了三次未果的激情后，杨铮文慧都看到了对方生活中的不堪。第二天，文慧报假案拦下杨铮的飞机，她说拦飞机很愚蠢，但经历了昨晚，这也坏不到哪里去了。她说她来只是不想让他带着这样的印象离开。她贴了一下杨铮的脸，试图抹去生活中一切不堪的印迹而保存心中的泫然欲泣。当时看到这儿我想：其实爱情并不能保护我们什么，是我们在保护着爱情。

跟这个过程比起来，真心话大冒险里那些经典的问题，如“和男/女朋友进行到哪一步了？最喜欢在座的哪位异性？内衣/裤颜色？初吻年龄”都弱爆了。确实也只能问些交际场合的问题，真正的隐秘能跟你说吗？一堆人坐那儿，我跟你们冒哪门子险啊？芸芸众生，是可以把所有复杂的人生都归结为不要脸的。

美国人比较狠，不玩这种不痛不痒的，给钱。电视节目，给参加者身上绑个测谎仪，强光下开问：“你怀疑过你男朋友是同性恋吗？”“假如你不会被逮到，你会在外面‘偷吃’吗？”“你后悔和你的丈夫结婚吗？”“你会不会找你父亲那样的人做丈夫？”……21道题目全部过关，50万拿走。所有的问题都直抵内心最私密处，导致很多人的家庭被毁。很多来观战的家属羞愧难当，伤害一大片。

犯不着啊。人性和爱情都是不能拿来考验的，这都是心尖尖上的东西，得供着。好好地过着，突然设计一情节：变成穷光蛋了，或者毁容了，化了妆看对方会怎么样，正确得跟暴徒一样。自信的人对人性都有平常心，那些怀疑、闪烁、动摇、挣扎，你够懂得就可以包容，够丰富就可以自我解脱。许茹芸说：有时相信比了解有用，有些事适合自己和自己分享。

有什么呢，人性那点东西，笨蛋才不知道。酒肉穿肠过，佛祖心中留。看着办吧。

chapter

41

我们不是来唱堂会的

一次台里派我出差，参加某台的一个活动，全国有50家电台参加。台里觉得我刚做完几场大活动，混在50家电台里，任务不重，就当去休整一下。我可耻地带着睡大觉的心情飞到了西南。从接机开始，必须赞美某台对这个庞大队伍的接待和活动的安排紧凑，热情，有礼，温暖，有强大的执行力。我甚至和他们惺惺相惜，所以以下这些话只是展示媒体所处生态。

这个活动的实质是某台拉全国的广播媒体来，通过并机直播宣传贵州的旅游。活动已经办到第六届了，这次主要宣传C城。这支吹拉弹唱的队伍受到了当地高规格的接待，包括市长、书记出面，警察和便衣随行，以及特批通过还没通车的新高速。这一切是主办方告诉我们的，他们真诚地感谢，并天然地认为享受这些待遇的我们也会因此而感恩，从而了解他们的努力。十几年前我去西北参加类似的大活动，到每一个地方都有警车接驾，一路开道，当时我坐在大巴上感到非常羞愧。十几年过去了，对此最应该保持警惕的媒体却依然不能回避这些，虽然已经不像十几年前那么招摇，但也不觉得有什么不对。

我们被要求在 10 摄氏度不到的温度下，穿着统一的黄色广告衫，长时间站在冷风里朗诵伟人歌词，宣誓，穿着雨衣坐在广场上听直播唱红歌。中央台两位谦逊的女子，每次坐下吃饭都会被叫到主桌和领导一起，国际台的捷克籍职员，因为是国际友人不停地被叫上台。第一天他很兴奋，到后来，他已呆若木鸡。当地还有穿着校服的初二学生被要求淋着雨看瀑布旁的直播。

晚饭时每个大巴车派“名嘴”去领导桌唱歌，手里端着酒，站在领导们旁边，说着感谢和歌颂的话。晚上的交流会：广播节目如何促进旅游，我以为是节目理念和活动方式的交流，结果完全不是，居然也是从唱堂会开始的，无数的民歌被改编成 C 城情，一段唱完又一段。然后茅台酒发言，然后被安排的发言和提问。值得一提的是，会议室里外 7 排，只向最里一排的领导们和发言人提供了热毛巾和茶水，另外值得一提的是，活动是由香烟集团赞助的。

我不知道自己来干什么，如果为C城旅游出份力，那我们就采风，寻找其中的美妙，我们不需要以这样巧笑倩兮的方式出现。如果我们是新闻记者，对官员对权力对烟草广告更是天然警惕的立场。

我要检讨我的尖刻，作为另一种价值观和审美的人，我无法怀着谦逊来融入这些，但我尽量怀着谅解之心来理解这一些：苦逼的基层，在既定的规则中，他们很难选择其他的方式，而每一个精神不敏感的个人，在现实的逻辑链条里他们需要配合，需要生存，要活得更好。

至于我的部分同行，我觉得他们的吹拉弹唱非常有才，但都说着自己都不信的话，轮流为领导唱歌的样子非常没有尊严。也许他们更懂得体谅同行的不易，但我依然觉得他们是文工团的，不是媒体人。

chapter

42

不太积极

十几年前，我去昆明开会，参加金话筒评选。我没有专门做一期字正腔圆没有破绽的节目去参加评选，而是选了平时的一期。那是一个对有外遇的男人的采访。去之前领导好心提醒我，说送这种题材就是当炮灰去的。当时已经30多岁的我像个烈士一样悲壮：那我就去当炮灰，为了广播的发展，不成功则成仁。其实没那么悲壮，主要的原因是懒，我不高兴拼东拼西花大精力去做一档评奖节目，很烦。到了昆明我没参加会议，签到后偷偷去了丽江，玩了几天回到昆明，才知道我果然成仁了。据说对我有两派意见，一派是直接淘汰，跌出前 100，另一派是直接进入前 10，也就是全国金话筒。前一派占了上风。

去丽江也是跟风，很多人跟我说那儿的古城，那儿的民宿，那儿的酒吧。我和友台的一个姐姐买张机票飞过去，直接到古城去找民宿，觉得很文艺范儿。住进去以后才发现自己很大尾巴狼。我们住的那家两层楼好几个房间围着一个天井，自来水什么都在天井里，是公共的。浴室也不在房间，要穿过天井，很小，水泥地，水龙头很简陋。房间直接白墙，好像石灰涂的。两张床不是平行放置的，而是呈九十度床头相连。晚饭以后，住客们在天井里聊天看星星。我是个有点小自闭的人，在一个陌生的地方，很难以天涯游客的情怀去认识什么人。如果是非标准陈设，我会很害怕。第二天一早，在天井里用冰冷的水刷牙洗脸以后，我也不敢抱怨，只跟老板说我们改行程了，不能住三天了，今天要走，然后拖起箱子就跑，搬到了酒店。看到酒店的标准间，平行的床和室内完整的配套，差点要流泪，觉得终于安全了。

同理，我只在古城瞎逛了逛，也没去坐什么酒吧。我在杭州从来没自发去过酒吧，对此没欲望，到丽江去混酒吧显得很做作。那时也没微博，否则倒可以穿着长裙跑到酒吧自拍一张：我在丽江找艳遇哦！

某种程度上我确实不算一个积极的人，我的朋友们现在已经很少约我出去玩了。因为每当她们说：周末太阳很好，我们去走走喝茶聊天？我都会说：来我家吧，我做饭给你们吃好了。谁高兴老到别人家啊！刘虹和小芳本是通过我认识的，但现在她俩一起去喝酒，早就当我不存在了。也是，她俩喝得很对胃口，旁边一个永远滴酒不沾的人，像个没诚意的贱人。

虽然每年我也出国旅个游，但都是很土地跟团，从来没有规划过自由行。要我打起精神做攻略，到处问路，在高速上拦车，和当地人一起跳舞，我真不是这号人。旅游怎么着都是走马观花，除非你嫁给当地人做老婆。

不知道这属于爱无力还是沸点高。我真正喜欢的旅游是类似那次在斐济，不用赶路，天天躺在沙滩上看小说。看完回房间洗澡，石头堆砌的圆形浴室是没顶的，洗澡的时候树上的叶子和花瓣会飘进来。

我的精神世界好像挺自给自足的，跟外界的交流，这么简单就可以了。

chapter

43

正装

很久以前，我大学毕业大概四五年的时候，一个昔日的男同学到杭州出差来看我，我们约在他住的酒店门口碰面。他在著名的外企工作，辛苦归辛苦，薪水高，也比较体面。我们那时出差只有18元的住宿标准，人家都是四星以上的。到了那边，他刚好出现在门口，穿着雪白的衬衫系着领带，小跑着从台阶上下来。那一瞬间我有些恍惚，觉得我是否丢掉了原本不以为然却进步相当神速的男人。当然这种感觉是非常肤浅的，后来我想那一瞬间的恍惚是因为他的正装，穿正装的男人第一眼会给人安全感，瞬间消解了在校园里的幼稚。

后来很长的一段时间里我看男人的视角都有点正装控。男人穿了西装或者制服，肩总是又宽又挺。穿着正装的一定是在工作或者相对正式的社交的时候，这时人比较超我，本性会掩藏一些，起码是礼貌的吧，情绪能自控，看上去总是比较稳定的吧。如果穿了正装还像个二狗子，那就没办法了，但通常正装总能给男人加分，这起码表明他可以在基本的秩序内，不会出格到你要满世界找他。为什么人们都要实现自我，我却在那儿欣赏戴着面具的超我呢？大概是年轻时碰到的很多不甚得体的男人，以至于我也不想挖掘深度人性了，面上过得去再说。看多了摇滚青年的任性，会觉得酒店大堂副理的“May I help you”是多么绅士啊！

我经常逼着别人穿正装。3年前我搞了个活动叫“四十岁的蜜月”，要求所有的参加者带正装，我希望他们在出席某几个仪式的时候是正装出场的，我甚至要求男人必须带深色西装。当时有几位不太愿意，说自己没有，也有女人说从来不穿裙子的。但我有着不可动摇的决心，我表现出了专断：参加我的活动必须这样。后来还有个活动“三十而恋”，剩男剩女找对象的。在报名参加的人中选了十男十女去酒店搞系列活动。我的要求依然是：带一套正装。我不想看到各位穿着短裤去吃西餐，我希望女生穿小礼服的时候男生也以正装相配。一开始他们觉得我事儿事儿的，活动的最后一天，当一群绅士和一群淑女出现在西餐厅，他们被自己感动了，好像发现了另一个自己。

这几年大家对这一套都很熟了，年末向阳花基金的志愿者年会铺了红地毯，参加的人秒懂：不能趿着拖鞋穿个大裤衩来，纷纷涂脂抹粉精心打扮，红地毯上个个有镜头感。后来参加《行周末》的潮人盛典，一眼望过去，个个男穿裙女穿猎装，我黑衣鲜绿短裙，在家里照镜子时还觉得很FASHION，到了现场就是那个最心灵美的了。

不过，我现在不会机械地花痴正装男女了，活到40多岁，也讲究个自在了。而且我发现那些每天穿西装的大都是些求职的，卖保险的，做酒店的，卖房子的，苦逼的中下层白领。

对客户像孙子，比对情人还好，不知道压力多大，心理多抑郁。他们遵守西装包裹下的秩序，我们看着舒服，他们自己恨不得套个泳裤，一头扎进水里呢！

chapter

44

靠谱

营销部的女孩问我是否认识某某公司的老总，因为看我在微博上和他互粉。我说认识，是我同学，同系同级的。女孩说：太好了，想拉他们的广告，和下面部门已经有接触，能否引见一下老总。我说只能试试，毕业20多年，谁知道变成什么样子，也许跟我打哈哈。从同学那儿问来电话我就打过去了，我也不会三环五环地绕，直接说明情况，说能否见个面沟通一下。同学没说很忙，而是一口答应周三下午见。

周二傍晚我收到老总同学短信，说周三下午总公司来人检查出不来了。我想，哦，还是哈哈，不过，也正常。几秒钟后，另一条短信到：如果你不介意，可以改成周三晚上。周三晚上我带营销部女孩去了，谈了工作，也谈了同学。最后老总说：广告有分管，他不是太具体管，但 12 月中旬肯定会讨论方案，所以请我们 12 月第二个星期去公司和分管面谈。9 号，营销部果然接到了他们分管的电话，让去谈一下。这时我有点感动了，请人帮忙的事一般都要三盯四催的，老总同学还真是一环都没忽悠。

这次我没去，营销部带回来的信息是他们分管有些盛气凌人，摆出一副比上帝还忙的样子。广告最后没谈成，因为电台的价格很高，不是所有行业都做得起。这个原因是老总同学专门打电话来解释的，说欠了我大人情了。我说没关系，作为职业妇女很理解合作的要义和前提，请他不必介意。

虽然广告没谈成，但我觉得我这个同学很靠谱。不管事情做成没做成，主动而坦率的沟通是互相尊重。因故取消约会但主动说出另一个弥补的时间，这样让对方相信你不是忽悠。之前我介绍一对男女认识，男的约了女的两次，女的都因为加班而没答应。其实女的对男的感觉还不错，她真加班，可男的觉得她是拒绝。如果我是那个女的，想和这个男的试着相处，会说我晚上加班，能不能换到周六？必须是很具体的时间，否则依然会让对方觉得没诚意。

我一姐们儿，刚工作时一个人出差去北京。那是她第一次去北京，要采访一些人，心里很有压力。她男朋友说：放心，我在北京很多朋友，有事找他们。他给了她一个名单，她当时特别崇拜男朋友，觉得他什么都能搞定，信心百倍地上路了。在北京真碰到一些困难，从找合乎报销标准的旅馆到联系采访。她不慌不忙地找出名单打电话过去寻求帮助，对方一头雾水。男朋友根本没跟他们提过女朋友来北京需要帮忙的事，他们都很忙，或者在离她很远的地方，或者跟男朋友根本算不上朋友。这事儿让她火大，倒不是因为男朋友搞不定，而是他开了空头支票，让她对北京的关系有了奢望。如果不是这样，她本可以做更详细的准备。

当然这是在她 20 刚出头的时候，现在，她不会像个被中国人邀请说“什么时候一起吃个饭啊”就回家换衣服等着的老外一样了。靠谱还是忽悠，她只看行动。

chapter

45

惊喜

南非著名残奥选手、绰号“刀锋战士”的皮斯托瑞斯在情人节那天枪杀了自己的女友。当地媒体报道说，皮斯托瑞斯的女友本想在情人节当天给男朋友一个惊喜，凌晨三四点钟到男友房间想叫醒他，却被误认为非法闯入者而毙命。

这件以生命为代价的事当然没有喜，只有惊，皮斯托瑞斯对女友的离世痛不欲生，相信这会是他一生挥之不去的痛苦。对这样一个有着爱人之心却死于非命的女子，只有无限惋惜，但在情人们特别想给对方创造惊喜这点上，确实并不一定有好结果。

比如认识的一对小情人，除夕各回各家，然

后觉得应该到对方家里去拜访。女生问男生：哪天来，初几来？男生支支吾吾不给个准信，说到时给你个惊喜。几次下来，女生突然火了：惊喜你妹啊！是啊，第一次上门，不只你要准备，人家也要准备的。你是毛脚女婿，人家是新晋丈人丈母娘，起码打扫一下屋子，做点好吃的，换件衣服什么的吧。你天仙一样不知啥时飘落，你谁啊你？所以，有的惊喜是不懂事。

还有就是各种求婚惊喜：假装没事带你到家门口的公园转转，突然，一圈蜡烛点起来了，巨大横幅挂起来了，喇叭响起来了：花花，你嫁给我好吗？这类惊喜有人喜欢有人不喜欢。

要是我就不会很喜欢。一是不喜欢这么夸张的玩法，就像不喜欢抑扬顿挫的朗诵，二是希望自己也是有所准备的，我可能穿了个特难看的显得腿特短的衣服被你拉去公园的呢，凭什么众目睽睽下我就这形象啊！我为什么不能化妆打扮一下更像电影里的女主角啊！其实有很多人喜欢制造惊喜，却不喜欢别人给他惊喜，特别是人多的那种，一下子不知道怎么回应，会不知所措。

惊喜是一种很饱满的情绪，制造惊喜的人是希望得到回应的，这也是被惊喜者的负担。某男正在拼搏期，要攒钱买房结婚，生活节俭。痴情的女孩很想打扮自己的男人，知道男人舍不得买好衣服，她会留意男人的需要，把适合他的东西暗中买下来。经常地，回家就让他站到镜子前穿给自己看。男人没有想象中惊喜的神色，女人就很委屈。她用自己的逻辑思维来推断男人，自己喜欢收到礼物，认为男人也一样。但那些正派的男人通常在给予的时候会更喜悦。

回过来讲皮斯托瑞斯的悲剧，他家的安保设备做得十分完善，整栋房子环绕着3米高的围墙和电围栏，因为当地入室抢劫的犯罪经常发生。他自己又是个残疾人，自我保护方面肯定相当警惕。对这样的男友，半夜用钥匙开门去给惊喜，除非经常这么干，有了默契，否则一定是相当危险的。

所以，我想，真正的惊喜不是夸张或者异于常人，而是建立在了解对方心意的基础上。对于凤凰男男友，他父母家人来城里你贴心关怀是最大的惊喜。而对于我这样的摩羯女，送我个省力的十年不坏的指甲钳是惊喜，因为我在收到这个礼物的时候才发现自己的指甲很硬，每次剪都很费劲。

chapter

46

原则很低的小师妹

我的小师妹珍是个异数，不管发生什么事都是天塌不下来的样子。她比我低十几届，老家不在杭州，恋爱结婚当然要买房。小师妹从来没愁过这件事，不是她中了彩票或傍着大款，而是前些年压根儿没想买房。她觉得省吃俭用买个八十平方米，没什么意思，根本住不开。结婚前，她对房间的安排是这样的：小夫妻俩一间，她那年轻守寡的妈妈一间，将来孩子一间，书房一间（最好各一间），公婆来了要一间，保姆要一间。其他的厨房客厅洗手间杂物间更不用说了。这么一来，2003 年才毕业的小夫妻俩是买不了了。她确实也从没看过公寓，一开始就是冲着排屋去的。

她真让自己住进了排屋，2008 年，她花三万二一年并且协议五年不涨租金租下了梅家坞的农民排屋。这是她对自己生活的安排：她必须住这么大的房子，但不一定要是自己的。我第一次听她的计划时，瞬间有点打开思路的感觉：是啊，有多少人在大房子的梦想和金钱的矛盾中逼疯了自己，小师妹轻轻一笑就打开了另一扇门。

她从来不纠结这不是自己的房子，无法可着心按照自己的梦想来装修。整个房子完全没有个人精雕细琢的痕迹，是活到哪儿算到哪儿的潇洒。她最大的装修大概就是所有房间强化地板的铺设，本来厨房没打算铺的，后来地板多出来了，她说运回去麻烦，就把厨房也铺了吧。但铺到最后还不够几块，她也不去买，靠近煤气灶的地方就有一溜是没地板的，她拿块塑料地毯铺着，也没觉得太突兀。她没有买或者做衣柜，所有的衣服都挂在三楼走道上，专业的挂衣杆是在淘宝上买的，顶天立地竖在那儿，衣服裸露在外，跟明星的试衣间似的。我说会脏吧，她和她妈齐声说：这儿没什么灰。

现在，她公婆也过来一起住。妈妈带孩子，个性强势点，公公烧饭，婆婆相对示弱，所以相安无事。他们两口子很少回家吃饭，三个老人烧好天天一起吃。她妈有时跟她嘀咕互相不认同的一些琐事，无非是这个烧水壶可以扔了，那个菜不够辣的事。

小师妹就跟妈妈说：公公烧饭，你吃现成，就不要挑剔了，想吃辣的自己烧。你不要指望为这些事让我跟老公去碎烦，让他去说他爹妈。

他们自己买的排屋基本上装修好了，她妈要自己去搞卫生。她跟她妈说：我本来要花钱请人搞的，你坚持要去，可以，但去了就不要抱怨为什么公婆不去。另外，我也没空送你，你得每天自己坐公交车去。有这么个不可指望的女儿，老人们精神上迅速成熟起来。

她现在做电商，谈合作一二三四逻辑很清楚，一派职场女性风范。她基本上不参加正式谈判，因为她说自己没什么底线，很容易让步。

每见她一次，我都觉得筋骨松一松。每次我问可以写你吗？她都说：随便写，我是个原则很低的人。现在，我问都不问了。

chapter

47

吹牛的男人

禹晋永涉嫌合同诈骗被批捕。他在汶川地震后的认捐没兑现，北大博士后的身份是假的，他说他的公司投资注册资金为10亿港币，其实只有1万港币。之前我们都知道他和唐骏一样，是美国教育部门不承认的野鸡学校西太平洋大学的工商管理博士。

不是我自夸慧眼，当初唐骏还是“打工皇帝”到处被吹捧的时候，我坐在马桶上看着《三联生活周刊》对他的神描述，石破天惊地指着他的照片说：此人不靠谱。他身家10亿却坚持住酒店而不买房。他说从投资和居住舒适性两个角度，他都认为买房不如住酒店。尽管，每年他要付出150多万的租金，但是没有被房产占据的资产会给他带来更多的投资收益。我判断的逻辑非常村姑，我觉得这人有毛病。因为酒店和家完全是两个概念，坐拥金山而只会算计金钱得失的人脑子一定是进水的，要么就是不买房没有资产可清算，而住酒店随时可以逃跑。他现在没出什么事，但我还是这么看他。

前几天有朋友说，人家给她介绍一男朋友，看上去还不错，就是说话比较宏伟一点。我问，哪儿毕业的？她说，美国的西太平洋大学。我三滴汗下来，跟她说，留点神。这当然不是文凭歧视，我也懂英雄莫问出处，但一般要去搞个假洋文凭的除了有一颗超大的虚荣心外，一定是有忽悠人的企图的。果然，几周后她告诉我，此男的工作是带着人高呼：我会成功的！

有一次某大学校友从加拿大回来出差，大家聚一下，也是学校里玩得比较好的一帮人。在那次饭局上，一个男生一直在说他的各个项目，每个项目的合作者不是谁的侄子，就是谁的外甥，要不就是小舅子或者妻弟妻妹，俨然进入了这个国家最搞得定的圈子。我们几个吃货文艺女很反感这个套路，一是觉得即使靠特权关系做大，起码不要心里认为这是件特光荣值得拿出来说的事；二是这么多年说实话我们根本搞不清楚他在做什么，也不结婚，所以基本把他归为吹牛的一类。

女人对吹牛的男人是很讨厌的，除非笨到对方说什么你信什么。我是个除了夸自己智商高以外还不敢吹牛的人，觉得吹了一个牛，就需要另一个更大的牛来延续，泡沫会越来越大，破了会很难堪。为了不难堪，宁可保守点。很多男人好像不怕这点，有一种意见认为是这个世界逼的，大家都在求数字，女人和男人交往都在看房子车子和路子，这种对社会背景的追究当然深刻，但也不能排除个人爱好这回事。唐骏当初说自己身家 10 亿，我就说吹牛，到底是他打工还是陈天桥为他打工啊。但没有 10 亿他也是有点钱的，不至于被房和车逼死，他就是喜欢吹牛嘛！

喜欢吹牛的男人的共性和很多喜欢嫉妒的女人的共性是一样的：心比天高，至于命，不一定比纸薄，但一定比他们想象的薄。

较真 ㊂

JIAO ZHEN

chapter

48

那些我们要忍耐的命运

小时候我妈很希望我能学医，她说外婆生病去世时她多么希望家里有个医生。可惜我是个热爱诗歌的文艺女生，不管不顾地念了文科。1995 年我爸生病的时候我已经 27 岁，来不及改行了。当时我对医生有很多不满，因为他们会在我们充满依赖和希望的时候，对跟在屁股后面问问题的人头也不回很冷地说：只有三个月了。当时我爸血糖高，甚至发生了好几次挂葡萄糖的事。当时做报摘节目，我都是拿着报纸在医院办公的，就为了盯着他们，怕挂错水。

我爸去世以后很多年，我都绕着医院走，对

医生也非常不信任。做投诉节目时，如果有人投诉医院医生，我本能地会站到患者一边。有一次和医院沟通，我非常失态，对院长说：我对你们有仇恨，然后我就哭了。院长像看个病人一样看我，无奈地说：那怎么办呢？哭了那一场以后我回到理性，我知道爸爸的离去是因为癌症，我一直不能接受这个现实，所以，一定要转嫁这种痛苦，而不尽完美的医生就成了这个口子。

最初做《鲁瑾脱口秀》时会接听听友的电话，讨论一些纠结的事。我忘了有一次讨论的是什么事，反正不是可以快意恩仇解决的事。讨论到后来我茫然，在节目里问：那怎么办？有一个听众，一个男人，在电话那头说：忍耐。突然我就像被打通了任督二脉，心灵不再像只愤怒的没头苍蝇到处乱撞，各种不甘却找不到出口。我明白了，人生课程中有一课是如何面对那些没有答案的事情。从小我们都被灌输人定胜天，努力就有回报，不知道人之有限，那些苍天无眼的事叫命运。

最近经常看到医生护士被打。潮州一个急性酒精中毒的患者没抢救过来，家属纠集 100 多人，押着当班医生游行；陕西有死者家属逼医生披麻戴孝，医院停业三个月的。这里面固然有对鉴定体系的不信任，但更多的是一种迁怒。当不能接受的伤痛突然降临，一定要有人来承担。不管有没有道理，在对他人的折磨和伤害中获得补偿，其实相当怯懦。

2004 年，日本有个叫香田证生的 25 岁的年轻人带了不到

100 美元毫无准备地进入伊拉克，结果被斩首，斩首画面在网上传播。当时舆论都说是因为小泉首相的强硬态度，绑架者才不容商量地杀死了香田证生。但他父母表现得相当克制，尸体运回日本的时候还鞠躬感谢大家帮助。我对他们充满敬意：不是心没有被割成碎片，而是懂得世上有罪恶，他们不把罪恶带来的命运迁怒于帮助他们的人。

做向阳花儿童意外伤害救助基金，也经常会碰到在这个范围外的无法通过基金去帮助的孩子。有时候会被骂：你们伪善，为什么不救？每当这个时候，我都非常痛苦。但我也知道，在这个世界上，谁也没资格让情绪泛滥，随意指责他人，哪怕这种情绪叫善良。

因为，在一定程度上接受命运是每一个人都要皈依的宗教。

chapter

49

较个真吧

记得2013年两会时，浙江的代表海宁市华丰村书记朱张金拿出10粒花生米扔进杯里，用水一冲，一杯水瞬间变黑。他说这是160元一斤的健康黑皮花生。朱又掏出几包鸡蛋精，说这个600元一斤，一吨鸡饲料中只添加40元的分量，就能让所有鸡生出的鸡蛋都变黄，而且鸡吃了每天都生蛋。朱张金这次带了300多件有毒食品参会。

这事儿特受关注，几乎每个媒体都报了。食品跟民众息息相关，他又用了现场实验的方式，很有说服力。当天我就很激动地转发了，一是含泪要求得到那300多件有毒食品名录，二是觉得这个人大代表事先做了很多调查功课，很让人感动。

但后来，博友中的科学控们告诉我，起码黑花生的结论是站不住脚的。把正常会溶解于水的天然色素理解为染色食物，这是一个常见误解。黑豆、黑米、黑皮花生之所以是黑色的，是因为它们的遗传物质中决定了它们能产生大量的花青素，花青素易溶于水。如果你煮过黑米饭，就知道，只需一小把黑米和几倍量的白米，就可以煮出一锅黑米饭来。另外，黑花生在市场上卖大多是带壳的，如何染色花生仁而花生壳不变色？

作为一个专业知识极低但科学兴趣很浓的文科生，我在节目和微博上纠正了自己的激动。那些认为朱张金这个名字上带了三个姓的人大代表是哗众取宠的一派开始扒他这个人，说这个做皮革生意发家的大佬还是先检讨一下他的产业带来的污染吧，他的工厂每天臭气熏天，他曝光有毒食品只是为了推销他 100 元一斤的大米。

都是认真的人，我去搜了他的情况，跟博友说的差不多。早年他确实做皮革，我刚工作的时候去海宁下过乡，参观过皮革厂，气味很大，很脏，当时觉得在里面工作的人活不长。但愿我的感觉是错的。但皮革行业污染厉害是肯定的，有的说第一，辩解的说第三，反正没少给环境添堵。

变成大佬以后一般都会从事更干净更高尚的行业，所以他去做农业了。去巴西买地种大豆，到山东榨豆油，又去东北种水稻。了解了这个背景以后，就会想到他在两会上富有情节地曝光和他从事绿色农业有关，一下子，会有很多我这样的人去关注他的无菌米，虽然，作为一个外表光鲜工资低廉的主持人还无福享受。

但他无疑也是个认真的人，他准备了300多件有毒食品，对于高端产品的推销，他不玩概念，不玩等级游戏，他要用证据吓死你。大佬们一定是认真的人，才能成为大佬，但成为大佬后，他的周围一定很少有人会去纠正他，他的认真就会不彻底。

如果我们不够认真，也很容易跟每天按条数跑新闻拿钱的苦逼们一样：管他呢，标题够惊悚，可以供人们宣泄就好了，事实上这个城市很多的媒体人都是靠宣泄出名的。但，我要求自己，还是尽量保留一份求真的理性和一颗冷静的心吧。这样，无论这个世界变成怎样，至少，我们还会爱自己。

chapter

50

道德帝

北京有个两岁女童被困宝马车中。消防队员赶到现场施救，说要砸窗。孩子母亲坚持不能破坏车窗，最终，消防官兵与开锁公司共同操作救出女童。网上很多人包括媒体大骂这个母亲，质问：有什么比孩子的安全更重要？我觉得这种质问很幼稚。当然，除非是误操作，否则把两岁孩子单独困在车中是要受到谴责的。但事情已经发生，在保证安全的前提下，减少损失也没什么的，可以开锁为什么要砸窗呢？再说，妈妈可能还怕砸窗吓着孩子呢！为什么要去怀疑一个母亲对孩子的担心呢？好像你比孩子她妈还着急。

道德帝都是这样的，不管三七二十一站在制高点上，他们看上去总是能安全地赢，因为他们已经最高了嘛，至于轮到自己，自己的人性是否能够支撑行为，他们简单而愤怒的大脑是不会考虑的。

有人@向阳花基金一个胆红素脑病的孩子，由于我们针对的是意外受伤的贫穷儿童，所以并不能帮助到所有病种。在微博上做了解释后还有人呵斥我们：借口！你们的钱都是用来救助儿童的。还分得这么仔细？！怕他没看明白，小编又单独跟他解释了一遍，他不听，充满愤怒地转发，说对我们无语，然后表情，然后惊叹号。这样一个对社会规则没有基本理解力的人居然还是钱江台《梦想星期七》的制片人。他以为他的愤怒是这个世界最珍贵的东西，他以为只要愤怒世界就会变得更好，孩子们就有救了？我不认为他会不知道作为一个小小的基金，承担自己能做的部分，虽然不能解放全人类，但至少不应该因此受到指责。我觉得他只是选择一种讨好大众的安全的表达方式，让自己看上去很美，本质是非常功利的，我建议他的节目改成：幻觉星期七。

北京李某某的事情一出，很多人给梦鸽上课。有个专栏女作家写了一封给梦鸽的信，说作为凤凰女的梦鸽虽然通过嫁给老头出头了，但在李双江面前本质上很可怜，“在你们的这场婚姻里，就算他老了，他也可以说走就走，你连开个演唱会都需要他的支持，你唯一可能的杀手锏就是你们的儿子吧，所以，你紧紧地抓住你的儿子狠命培养他”。这种对别人夫妻关系的遥远而自以为是的臆测，我看了都惊呆了，也差点笑出来。我不知道这位女作者（以前的文字还是不错的）的夫妻关系是怎样的，在我看来，夫妻关系的依靠、两人之前的不同和磨合每一对都有，被她描述得都是施者和被施者的阴谋和角力似的。好像她自己是爱上一个乞丐却依然从小城傲然走出的纯真精品，其他人的成功都是肉泪和忍受换来的。

还有那种“学不会争功劳，学不会说漂亮话，学不会借着别人往上爬。你也许不够成功，不够招人喜欢，不够扬眉吐气，至少，你够真实”——好像全世界的人都是小人，就你是独善其身的君子的言论也是伪君子真 Loser 道德帝的典型写照。

chapter

51

正派社会

天涯上有一个帖子很火，一个业已成为白领的女青年回忆青春期她妈赐予她的精神伤害。她家不富也不穷，但为了减免点学费，高中时她妈托人给她弄了个特困生，于是乎，老师为了世界能变成美好的人间，让她站讲台上，同学们一个个上台来，有的捐五毛，有的捐一块，共捐了60多块钱给她。这一场豪捐彻底摧毁了她生命里的自信。她的奇葩娘和让人人献出一点爱的老师共同导演的这一出让她此后三年没抬起过头。

这也是陈光标拿出了真金白银却让人反感的原因。他让受助者拿着他给的钱拍照，唱他指定的歌。他的给予是有条件的，这个条件不仅仅是贫穷，还有对施主的跪拜式涕零，他不觉得穷人也有尊严。也有一部分人认为陈光标是无害的，至少他拿出了钱，帮助了人，而那些被帮助的人也未见得像我们这些旁观者那么敏感。但贫困者是否感觉被羞辱是一种社会共识，即使是受辱者感觉麻木，社会其他成员仍有理由捍卫其自尊。这就是耶鲁撒冷希伯来大学的哲学教授阿维夏伊·玛格里特所说的正派社会。

正派社会很重要的特征是不羞辱。1989年春晚，韦唯化着浓妆，坐在小圆桌旁唱《爱的奉献》，同桌，曾患重病在聂家帮助下治愈的小保姆龚义霞哭倒在聂卫平姐姐的怀里。当时看这一幕十分不舒服，我完全相信聂家的良善和义气，但春晚让这一切变成了表演，小保姆因为贫穷就要让全国人民观赏她的可怜，还音乐伴奏。我觉得这就是一种羞辱。到现在为止我都非常不喜欢《爱的奉献》这首歌。

厦门大学的女教授谢灵炮轰校长的公开信曝光。中午过了12点，普通员工到教工餐厅吃饭，没啥菜了，校长一到，服务员马上端出丰盛的菜肴。我觉得自己要是那个服务员肯定做不出来这种事，老师们在一边冷眼看着，我却只为校长服务，我会觉得自己像条狗。我要是那个校长肯定也无法心安理得地享用，大学再行政，总是知识阶层，知识分子对平等最敏感，大学校长放浪形骸都没什么问题，像个土豪官员确实让人挺瞧不上的。谢灵教授为什么不爽？因为这件事暗示了普通员工连吃个饭都是卑微的，虽然没有把饭菜扣你头上，但也是被羞辱的。也许你会说，多小的事啊，哪个食堂都一样，比这严重的事多了去了。这说明你已经习惯了不正派的社会。

正因为如此，我们看到奥巴马饿了自己出门买汉堡，还泄露了自己的信用卡号码，顿觉清风拂面。

chapter

52

嘿嘿，素质

最近，中国游客纷纷在世界各地被评为最不讨喜，最不受欢迎游客，《纽约时报》的理由是：“通常喜欢携带大量现金，对外国的风俗习惯也并不熟悉，慌乱地从旅游大巴上挤下来，明显对旅馆的自助早餐没什么胃口，而且也没什么排队的概念”等。

很多是真的，类似于大声喧哗争先恐后确实存在。其实很多中国人到国外旅游，挺没安全感的，主要是语言不通。一上飞机，十几个小时，空姐问你想吃什么？听不懂，打肿脸说“This one”，拿到手一看，呃……如果几个人结个队出去，那会点英文的可不是要在飞机上隔空做个翻译啊！这个怪航空公司做得不好。半飞机的中国人，你不会安排个华裔服务员啊！还有就是人山人海的地方，一家人怕走丢，呼来叫去的声音就大了。

说实话，我也挺烦大声喧哗的，但世界各路媒体就此一路来声讨，一边收着中国人大把的钱，一边说你们不受欢迎，此举至少不是很友善。我们好不容易攒点钱到您那儿去玩儿一下，又不是土生土长，对你们的风俗不熟悉不是很正常的事吗？我们花钱来玩儿，你该提供服务让我们了解才对。你以为你家风俗是天然全人类的标准吗？不爱吃你家早餐要我说你该羞愧啊，这么多中国人去旅游，你没做足功课了解我们爱吃什么，天天的奶酪面包培根，你不知道弄点葱煎包子的啊！你们来的时候，我们哪个酒店不是吐司牛奶牛角包腌肉都全乎的啊，服务员个个会英文。我们了解你们很多，你们怎么不他妈的来了解我们多一点呢！至于土豪金做派，排队买LV，一买二十个，也没什么奇怪的，哪个社会都有这样的人。中东富豪还一边唱歌一边撒钱呢！而你们的这些奢侈品，把个背包加点忽悠搞成几十万一个，在我看来，也是土豪金的做派，尽管你们喜欢说这里有文化。

我的意思是，不同社会的人群都有没劲的一面，大家说话放客气点。恶劣的个案不能当作群体像，但要举例，互相都能举出一堆。上世纪90年代我有个朋友在浙江工大教英语的，留学生都归他管，有耶鲁来的，有剑桥来的。学业结束时，宿舍里一塌糊涂，大便到处都是。

几年前我去了一次台湾，因为是工作跟团，所以去的都是些没劲的地方。在六合夜市等人时我买了串烤虾，吃完看到路边一个像垃圾筒的东西，就把竹签扔进去了，扔进去以后才发现是个传统的煤球炉。这时出来一个女人，扯着大嗓门叫：你什么素质啊？这是垃圾筒啊？我连忙跟她道歉，说我确实没看清楚，对不起。她还是不依不饶地素质个没完。后来我在六合夜市买了个螃蟹打包，回去一看只有半只。

中国人去旅游，毛病确实不少，但我们的主流媒体也不要一天到晚觉得被丢了脸似的。纽约证交所门口那头牛，不同肤色的人都有爬上去拍照的。各人负各人的责，我才不会觉得一个江苏人吃自助餐拿太多了会丢我的脸呢！

chapter

53

泡脚和吐痰

大家看到这篇文章的时候我已经在英国了，不知道英国有没有喷水池可以泡脚，呵呵。出国前，大家正在讨论中国人在法国卢浮宫的水池泡脚，觉得很丢人。后来发现，哎，老外在那儿泡脚的也很多，又觉得没那么丢人了。《环球时报》还专门派人去巴黎问卢浮宫和当地旅游部门的工作人员，他们说，按规定是不能泡，但天太热了，只要不跳进去洗澡他们也就宽容了，还特别说到在那儿泡脚的西方人更多。然后那些为中国人素质感到羞愧的媒体又说：中国人不要自轻自贱，自己人看不起自己人。

不自信确实容易纠结，这有个不断学习领悟的过程。20 多年前，朋友的台湾客户带老婆孩子来大陆，住高级饭店。孩子小，在酒店餐厅到处乱窜乱叫，服务生请太太约束一下自己的孩子，太太理直气壮地说：我们付钱的，我们是客人，可以做任何事！然后跟孩子说：跑！于是孩子继续。那时那个台湾太太跟我说这些的时候，我觉得很爽很先进，因为当时的商业还不像现在这么谦卑，而我们在高级饭店面前很自卑。现在回想这件事，当然觉得是不对的，是非观已经比较清亮了：有钱了不起啊，你一口气可以买 20 个 LV，可你只要随地吐一口痰，我就把你拉入黑名单。

说到随地吐痰，我真是到现在还没想通为什么有人在吐下去的时候没有障碍。大街上的不说了，我看到过大院里的人走向食堂的路上呸呸呸，甚至看到在地面明亮的大楼里吐痰的。那次我走在楼梯上，后面传来清嗓的声音，我以为到此为止，没想到……我无法控制地转过头看他一眼，我没好意思盯很久。我不知道来自女性惊讶的一眼能否让他从此改良。

人们会为随地吐痰找理由。有一次我在街上拍了一个吐痰的人的背影发到微博上，有人留言说我不够宽容，也许他嗓子有病身体不好，还怪我们的空气太差。我不能接受这种辩解，我奶奶气管炎，经常咳得天昏地暗，随时都有痰，但她从不乱吐。在家她有个小痰盂，出去会吐在纸上。我还拍过随地小便的男人，也会有人辩解憋不住，好像女人都是憋尿专业毕业的。

20 多岁时我和一个人交往，一起走在大街上他随地吐了口痰。我尴尬而坚决地说：这样，不好吧。被我一说估计他也尴尬，但嘴硬，说了句：你认为这个国家值得你为它坚持什么吗？原来为不良习惯辩解的理由可以如此高端，我瞬间无语。

卢浮宫的人说了，泡脚没什么，但不喜欢中国人的大声喧哗，随地吐痰，随意插队，中国富豪喜欢标榜自己有钱，随意改变行程与会议议程，不尊重工作人员等。这些我们在生活中也经常遇到。大老板说明天早八点开会啊，大家调整自己的工作时间八点准时坐在办公室，老板在哪儿都不知道。前一天不知道干什么搞晚了，此刻还在睡大觉呢！

chapter

54

无水之夏

气象台假惺惺地说：杭绍甬气温都突破了40℃，杭州40.4℃，突破了2003年8月1日40.3℃的历史最高纪录。微博上一片惊呼：哇哇哇……哇什么呀，车上有温度计的，前些天天天42℃啊！我去百度了一下，气象台的温度计放在一个百叶箱中，离地面约一点五米高，而且通风避光。这属于象牙塔里的气温，我们面对的是柏油马路上的气温，而地面温度是72到75摄氏度，在上面煎个蛋，不会像炉子上那么快，但一定也会熟的。

今年我没去游过泳，因为小区的游泳池已经没办法去了，人满得像插秧一样。前些年不是这样。有一年我休假，也没出去玩儿，天天在小区里游泳。非周末的白天，室内泳池就我一个人，加两个救生员，那时真感觉自己老高贵冷艳了。千万别以为我背景神秘，能住进这个看上去高级的小区纯粹是因为买得早，2003 年只有 4000 多一平方米，而那时我也已经 30 多岁了。后来人一年比一年多，游泳时经常被撞。还有些大人孩子喜欢站在岸边，大叫一声往下跳。这游泳池虽说是标准长度，可也就五六个泳道，人一多，互相要躲，再一拨拨的跳水族，就基本没法游了。我经常害怕游到一半被那些跳下来的人砸断腰砸破头或者一下子砸沉，就只好在周末的时候中午去游，那时人相对少点。

从去年开始，游泳池人更多了，因为房产商把游泳池外包了。承包的商人才不管小区品质业主体验什么的，可劲地往外卖票，小区的游泳池就成了五常地区的公共澡堂，人们在里面戏水撒尿。去年我自我感觉良好地给物业和开发商反映，物业反而像个做小生意的懦弱穷人，无力站在业主的立场上去跟开发商叫板，开发商也早就收起了画蓝图时期的诗情画意。开始开发商营销经理还回我两句，说他们也觉得不妥，已经下令不让对外卖票了。到了今年，他们连回的勇气都没有了。游泳池因此就像发豆芽一样，杵满了人。

一到放暑假，周边的大人孩子都来游泳了，30 块钱一场，大人舍不得游，就在旁边看着孩子游，然后帮孩子洗个澡。想到这个场景，我也不投诉了。我们把钱都用来让运动员打激素吃兴奋剂拿金牌去了，没钱发展民众的运动场所。北京的某个游泳池所要涵盖的人口是 47 万，普通城市也是 8 到 10 万人口一个游泳池。我要是说小区的游泳池应该保证业主，不能外卖，正义的口水会淹死我。冬天游泳池几个月都号称在修锅炉，不开，夏天开了不勤换水，玩命加药水，一股漂白粉味儿。开发商都说：游泳池亏啊，一年亏好几万，所以要外包，所以要向外卖票。可是，你卖房时拿游泳池当诱饵的呀，你卖房赚了多少个亿，游泳池亏点不行吗？就像开个公司，你不能指望什么部门都挣钱吧，不能指望办公室工会都挣钱吧？

看看微博上的各种爆炸，各种撕心裂肺，我只不过是不游泳，算个屁。

chapter

55

嘘！

最近，各地跳广场舞的大妈们遭到了围攻，她们分别被劝说，无果后被泼粪，甚至被持枪威胁。她们大部分依旧我行我素，小部分强悍的打物业，北京被枪吓着的则作鸟兽散。

我们家小区的湖边有个平台，每天晚上也有一群人在跳舞，有大妈、大姐，偶尔有大哥，领舞的是个 40 岁左右的男人。我跟她们聊过天，她们好像挺盼望每天的这个时候，就像盼望坐上小区的班车出去买菜，车上家长里短地议论。她们也不全是人们想象的家庭妇女，也有白领，有大学老师。她们不算太过分，晚上八点半之前就会结束。但在八点半之前，那儿就各种最炫民族风了，声音很大。我散步路过的时候，会很同情平台旁边的住户，因为八点半以前，这个世界不是自己的。我不知道她们有没有被投诉过，如果我住在那儿，不能保证心烦意乱的时候不打物业电话。

我以前住的小区家在二楼，每天早晨都是被楼下响亮的说话声吵醒的。大妈们起得比较早，互相打招呼后停下来就聊上了。她们依然清脆或者烟酒腔儿的大嗓门划破五六点的清晨，经常让后半夜才入睡的我一骨碌起来，我能控制住去洗手间接一盆水的冲动，但还是控制不住拉开阳台门，冲下面说“嘘”！短暂地，声音小下去了，但一会儿又恢复了。因为大妈们习惯了大嗓门，还有，走了这一拨还有另一拨。

去年春节我去某地，住一个普通的酒店，半夜一直无法入睡，因为隔壁一群人包了房间来打牌，他们的喊叫声让人绝望。住酒店时在走廊上大声说话也是很多客人的习惯。平常聚会饭局什么的，一桌人隔空对话，基本是吼的节奏，中国人很难有安静的餐厅。

不怪他们，从小到大，我们都没有被教育小声说话，不影响别人。我自己有时候也会这样，讲电话讲着讲着声音就大了，好像对方听不见似的。只有在别人也犯这种错误的时候才会想：哦，原来这样很土很傻。开元酒店的总经理曾经跟我说，他们那儿来了一个美国的实习生，很活泼，在自己的国家里经常被看成是最闹的一个。到了中国以后她发现自己成了最安静的一个，和别人说话的声音是最轻的。前两天我看到网上热传的美国爸爸的十条家训，第二条就是：公共场合（除了可以放开玩儿的地方），说话音量控制在不让第三个人听到。可以放开玩的地方大概是运动场、操场、游乐园之类的，其余的地方都要小声。出国时看到老外们的交流，确实是这样的。

说回到跳广场舞的大妈们，她们很值得理解。生活如此乏味，这是她们人生仅有的欢娱。何况，除了这些扰民的地方，社区很少有锻炼和聚会的免费场所。但这不是问题的全部，如果她们懂得安静是另一批人的权利，那也会学着去寻找其他的方式，比如打太极拳，比如可以集资到会所去，或者买公园月票。她们中大部分都没穷到做不了这些，就像夏天到宜家蹭空调拉开被子就睡的那些人，他们只是，不习惯为别人考虑。

chapter

56

双重标准

重庆一60多岁的老太太，和十六七岁的孙子一起上公交车，让孙子抢坐唯一的空位，自己站到女大学生身边要求让座。女生觉得孙子可以让奶奶坐，就没让。老太太教育她 :“现在的年轻人书都白读了，都不知道给老年人让座。妹妹，还是要尊老爱幼。”也没错，她爱自己孙子这个幼，要求别人尊她这个老，只不过称一直坐着玩手机的青少年为幼稍显牵强。

大家都觉得这个老人奇葩，我觉得她只是把双重标准表现得太直白了而已，日常中，我们或多或少都有这个问题。拿我自己来说，开车变道，拥堵时经常插不进去，我一般会摇下车窗跟人敬礼。敬了礼后大部分人都会让，但也有一些死活不让，别死你。这时我就会在车里自言自语骂骂咧咧，诸如：人都有难处，让一下会死啊之类的。可是轮到别人要插进来，我也经常不让，紧跟前车不给机会，估计别人也会骂：无奈变个道，要不要这么厉害！

道理大家都懂，只是我们更善于用它来要求别人。有些公司，老板对员工很严厉，签到打卡，计划排班，要求一丝不苟，但他自己却很随意。说好上午十点开会，他前一天睡晚了，中午才醒，开会改到晚上。到了晚上，他是清醒得很，可人家早上八点就来上班了，陪你熬到半夜，他不去想合理不合理。有的公司，一天到晚强调产品的人性化，爱家爱人是企业文化，又高雅又人文，但高层中层开会原定三小时，却可以从早九点开到第二天早十点，其间还各种严厉指责，羞辱性批评。貌似你尊重着客户，但实际上只是尊重金钱和自己的成功，那套价值观都是假的。

没遇到选择时我们都会有一个相对高的标准，遇到事标准就会发生改变。认识几个这样的人：一听说有人劈腿必痛骂，一听说有人做小三必恶责，觉得人世间就因为有这样不要脸的人存在才没了章法，语言之难听立场之坚定简直可以立封道德楷模。可轮到自己恍惚，一样堕落没商量。原因有三种，一是对人性复杂性的了解有一个过程，自己没遇到不知道选择之难；另一种可能是当初的铿锵只是嫉妒的一种，只恨自己没碰上；第三种就跟台上贪官做清廉报告一样，只是报告而已。

为什么大家都喜欢实在人？实在人就是对人对己的标准相对统一。虽然不一定做到严于律己宽以待人，但起码差不多。自己偶尔也会偷个懒就不会上纲上线地指责人家打了个盹儿；指责别人随地吐痰的，遛狗时永远会随身带着清理狗便的工具。如果我们宣扬着完美的道德标准，但永远只看别人，不反观自己，那么标准就不是真正的标准，而只是利己的工具。

我们永远向往着更高的标准，但这个更高的标准我们应该要求自己先去靠近。

chapter

57

狗的问题

除了谣言，狗的问题也是敏感问题。大连有一个两岁的孩子被邻居的哈士奇咬了脸，破了相。我发了微博，肯定了这条狗是拴着的，是孩子走近狗，被狗咬了。辽宁禁养身高40厘米以上的大型狗，而这条哈士奇有一米高。这条微博引来了全国各地不明来历的人的谩骂，就像我们在网上经常碰见的那样。这些人说是这个该死的熊孩子先去逗狗的，没教养的孩子死不足惜，说我这个“大V”没强调“逗弄”这个过程，是十足的传谣，然后，把我举报了。

北京有条新闻，导盲犬珍妮带着主人去坐地

铁，被工作人员劝阻，说动物不能进地铁。主仆俩强行通过检票口，后被拦在滚梯前。新浪发了现场视频，问：你愿意和导盲犬一起乘坐地铁吗？这条微博被李晨、马伊琍、六六等转发，他们都写了“我愿意”，其他多数都是成队形的“我愿意”。这让正义的情感显得比较澎湃，说愿意的人觉得站到了天使的一边，而地铁的工作人员则被反衬得像魔鬼。

看到这个事情，第一感觉是我融不进这个呼喊着结婚口号“我愿意”一样的天使队伍，我得诚实地说：我不愿意。但我也一直呼吁让残障人士更多地进入社会的前提是要有盲道盲梯，当然，导盲狗也是。我愿意先尊重我呼吁的，同意让导盲狗上车，我个人可以通过换车厢来回避。但我真的有个担心，这事儿如果放开，可能会有很多养狗的人牵着自己的狗上公交，闭上眼睛假装是盲人，以现在部分养狗人不遵守规则还振振有词的素质来说，绝对是有相当大的可能。有人说，这个不用担心，导盲犬有明确着装的。我只能说这非常理想化，我对此相当没信心。不能醉驾说了多少年，管用吗？直到入刑。除非假装盲人带狗上车坐牢，否则我对人们的自觉目前完全不看好。

很多人会引用国外的人性的做法，他们的导盲犬可以上车，为什么我们不能？我刚休假从英国回来，看到很多狗，95% 都被严格地牵着，所谓严格就是专门的狗绳，而且被主人收得很短，离自己很近，狗碰不到旁人。我看到一次狗没被牵，在英国的大街上用中文骂了两句。我在街上也看到了盲人牵着导盲犬，绳子也很短，嘴里塞着个网球。我想塞个网球是为了怕它伤人吗？网上查了一下，说只是为了玩儿。我没有在地铁里看到导盲犬，可能是没碰上。

我觉得让导盲犬上车的前提是大家都遵守规则：导盲犬有专门标识，有人假冒严厉惩罚。在现阶段我真心觉得很难。北京那个视频，地铁工作人员在滚梯上拦狗，文明得一塌糊涂，一直有礼貌地说：不能上地铁，但我可以送你回家。都说到这个份儿上了，还有一堆人骂他。没人在意他是在执行规则。

很多人只在意自己喜欢的规则，对自己有利的规则。

chapter

58

校服和制服诱惑

上海的一条电视新闻说抽查行动发现上海校服合格率仅为73%，其中1款产品有致癌成分。这条新闻本来可能马上会被淹没，因为我们每天都被包围在类似的新闻中。但作家六六居住在上海，她的儿子今年刚上学，所以她连发微博关注这件事，然后，全国人民都知道了。

经常在街上看到一些学生，无论男女高矮胖瘦，一律穿着盖过屁股的松垮运动服，个个如残兵败将。我本是一个支持校服初衷的人，也会有些可惜的感觉。我小时候是没穿过校服的，对校服最初的印象来自日剧，白的蓝的制服短裙，把每个孩子都衬得很体面。放学从学校里走出来的是一群同样的可人儿。校服的初衷应该是集体感、身份感，告诫这个身份可以做和不可以做的事，穿着校服去买香烟和烈酒，在很多国家是行不通的，当然，我们这里不会有障碍。如果失去了校服所代表的内涵和禁忌，校服就变得很表面。

我很支持把校服做成制服，因为制服的暗示性要大大高于普通的运动服。警察穿上制服，空姐穿上制服，护士穿上护士服，都会一下子进入角色，人们也会从他们穿的制服代表的身份中了解并和他们交流。王菲他们的“六年级一班”同学圈，据说活动的时候都穿校服挂红领巾，以此找到共同的心理身份。AV片经常玩制服诱惑，其实是对身份的反抗，对权威的挑衅，在反叛中获得快感。这从反面说明了制服的严肃内涵。

上海的校服事件引发大家的讨论：要不要穿校服。反对者的一个理由是会给贫穷家庭增加负担。这个理由比较牵强，因为现在校服价格国家是有限制的，夏季的一套不超过五六十元，冬季的不超过一百五六十元。贫穷家庭的孩子也要穿衣服，无非是买校服还是买别的衣服的问题。赞成的人也有所保留，像我一样认为校服应该做得更好看，而不是把花季的男女都搞得没性别。但之前南京某校搞日韩系校服，大家都说好看，家长们很担心，觉得这么漂亮会不会影响孩子学习，会不会早恋。家长们在年轻时什么事都干过，成为家长后就觉得孩子应该是个读书机器，这样才安全。其实是，家长们都很懒，他们的思维停留在全国穿蓝衣服的那个年代，觉得那样比较好控制。

但哪怕是中学生，也是可以允许他们释放和接收小小的诱惑信息的，再说有什么兜得住想早恋的心呢？大街上穿着很难看的校服的孩子们不一样在搂搂抱抱？人生的每一个阶段都是有诱惑的，还在地上爬的时候有糖的诱惑，会走路了有玩具的诱惑，到了青春期，当然有美的诱惑反叛的诱惑。当然不是每一种诱惑都可以接收，人生的另一个课题是抵制诱惑，这本来应该是制服所代表的规则来告诉你的。警察空姐护士穿上制服必须恪守公平正义专业服务救死扶伤的义务，孩子们穿上制服就是告诉自己：不可以喝酒抽烟泡吧，尽量不要逾越男女的防线，因为还是需监护的非完全责任人。

校服，本来应该担当这个责任，诱惑占的比例取决于对校服的解释。

chapter

59

校长

因为一系列的校长老师对学生的性侵事件曝光，校长这个词显然已经臭了！

我相信曝光的只是冰山一角，在之前报道的20天内八起对未成年人的性侵事件后，昨天早上，我一打开电脑，又看到三起性侵事件，其中两件是对未成年人的，三件中的两起导致死亡。

正常人都觉得令人发指：对这么小的孩子怎么下得了手？这些人是应该被化学阉割的品种。在我看来，他们只是习惯就近获取性利益，而这，是我们这个在男女关系的表面伦理道貌岸然，实质上到处都是侵犯的社会的一个小缩影。不同的是，校长们从幼女中获取性利益，突破了全世界的底线。

幼女，使得这类事件没得讨论。而在现实中，性侵犯的底线是非常低的。在很多的单位活动中，在KTV的包厢里，领导都会搂着女员工。那些可以给到课题的学院领导也很容易在唱歌的时候让女研究生坐到他们的腿上。我听说过的事情中有：女员工喝醉了倒在一边，部门领导的手就伸进她的衣服；业务员在签单的那一刻被客户拉上床。但很少有人认真地抗议，大概都认同这个社会根本听不到这种声音，一叫最后的结果只有自己没脸。

那些程度再浅一点儿的就更没人较真了。比如一个逃到我们台的小姑娘说毕业后在另一个台，一去就被活动部领导拉去陪客户，活动部领导当着她的面跟客户说：你一定要来啊，我们这边的小姑娘陪你喝酒，你要谁陪你喝都行……还有个行政部的，新来的女实习生都被他搂过肩拧过脸，无辜慈祥的样子。女实习生在背后大骂，当面还是笑脸相迎，因为搞不清他什么来路，怕对自己工作不利。

再浅一点儿的就是语言侵犯了。领导到下面各部门视察，办公室扫一眼，对陪同的部门领导说：你这儿不错嘛，这么多美女，业务量应该上去啊……好像部门领导是开怡春院的似的。我觉得女人听到这样的话肯定是不高兴的，虽然搞个活动见个人也会打扮一下，但这不意味着以此交易啊。但有很多女人不在意，在一场内部联欢会上，有女业务员很欢乐地扭着身子叫“大哥”，说着一些很色情的话，感觉行业规则天经地义，完全没有讽刺和批判的意味。说她们贱我觉得又便宜了男人，只能说，异化吧。就像容嬷嬷一个奴才，本来应该同情奴才，可打起奴才来比主子还狠。内心接受了不公平的规则并为此卖力，这就是异化成另一种不代表自己利益的人。

校长无处不在，我们跟孩子们说英国的儿童宣言：背心、裤衩覆盖的地方不许别人摸，小秘密要告诉妈妈。这话也同样适用于大人：敢于对校长说“不”。很多时候，说个“不”并没有那么可怕，如果你真正爱自己。

chapter

60

光盘行动

一夜之间，大家都开始光盘行动了，从人民日报，到央视，到各大小媒体，都在动员，很多人把吃得光光的盘子拍下来传上网，像无数个乖孩子。有个博友传给我光盘照片，盘子里一滴酱油残汁都没有，我跟他开玩笑：你这是擦过还是舔过？

浪费食物这件事对我来说也是刺目而不可接受的。我请一对年轻人吃饭，店里有简餐，也有西餐。中午谈事，大家基本都点简餐，其中一个女生点了将近200元一份的三文鱼套餐。她用叉子叉了两口就不吃了，剩了大半，镇静地离开，没有任何一点儿局促。我想她内心对浪费是免疫的，换了我，也可能点的东西跟想象的不一样，不喜欢吃，但一定会尽量不要剩太多，而且一定会觉得很抱歉，并跟在座的人表达不好意思。

这和小时候经历的匮乏有关，但也不完全是。有很多小时候比我家穷很多的人也会点一桌菜动两筷子就不吃了，可能是因为面子，或者对面子的在意超过了对食物的珍惜。

光盘行动有一个好处，就是大家找到并勇于表达共同的态度：浪费是可耻的事。以前请客的人不敢点少，怕人说抠门，现在坐到一起，请的和被请的都有了一个高贵的理由：光盘。

光盘行动后来局部有些变化，比如，《成都商报》做了个动员，让人随手拍浪费的宴席和饭局，上传他们给奖。这个动员引起了争论，有人就说：如果和家人吃饭，有人来拍，我就把他拍成猪头三。一件有关做人调调的事，演变成公私不分的革命，扫黄打非似的，确实感觉又把自己拱到道德制高点上去了。

有关光盘行动的另类思考是这样的：浪费这件事不是这么表面，比如光盘要求都吃完，吃坏了不要看病吗？看病不要钱吗？不浪费医疗资源吗？说不吃完浪费了多少多少粮食，相当于农民伯伯白忙活了多久多久，农民伯伯卖粮不收钱的啊？你以为大饥荒啊，一边光盘，一边高喊拉动内需，如何协调？那些一边一个月花上千块钱养狗的名牌包包轮着背的人不要假惺惺地光什么盘了。

这样发散性的思考有它的逻辑合理性，但我觉得是并没有懂得光盘行动朴素的初衷。对食物的珍惜其实是对制作成食物的过程的珍惜，珍惜的还是人，这不是用钱可以粗暴地概括的。比如农民种了粮食，他是拿到了钱（先不说他拿到的是多少），但拿到了钱他也会对他的产品有感觉啊，你吃掉了，是他的成绩，浪费了他的劳动从精神上就没了价值。这个感觉厨师可能体会更深，餐厅的老板可能只在乎收入，但整盘的精心制作被倒进泔水桶，他一定心痛。看《大长今》，看《饮食男女》，你聚焦的都不是食物的成品，而是做食物的过程，是人们在里面的投入。

很多时候，我们能言善辩滔滔不绝，也有一些时候，我们忽左忽右凌乱迷茫。其实很多时候，我们只需要回到朴素的心，一切便有了答案。

chapter

61

水军

中午在食堂吃饭时碰到已经调到其他频道的老领导，他问我：农夫的发布会你也去了？我说，嗯。然后他问：那，有水军吗？你是水军吗？

这是我从北京回来以后第N次被问到我是不是水军。也不能怪我们同事一场还会提这样的问题，因为大部分人其实事先并不清楚有关水的复杂标准，而我旗帜鲜明地对另一张报纸提问，显得针对性很强，我又是浙江的，看上去很像水军。另外，我平时不是个采访记者，在本地也不是挣新闻工分的，怎么突然跑到北京去挺身而出了呢？确实很可疑。

那，我要是说我的机票和住宿费都是农夫山泉出的，水军的结论就铁板钉钉了。但事实当然不是这样。要不然，我一个工作了二十多年的主持人难道是为了免费去首都呼吸一下超高PM2.5的空气？

我是很敢把事实说出来的。我5月4号晚上接到农夫的官方微博的邀请：鉴于您在微博的发言和影响力，想邀请您作为自媒体代表参加6号在北京的新闻发布会，如果可以出席，请提供证件，我们将提供交通和住宿费用。我之前一直关注这件事，就觉得在北京会打起来，所以想去看看，于是接受了邀请，但倔强地加了一句：我接受你们的机票和住宿是不对的，很容易被怀疑无法保持中立立场，我会保持客观的报道。对方同意我的观点。

看到这里，很多人会“切”，我理解。但在这个世界上，追求真理的人也分为好几个等级，有的可以抛弃生命，有的可以倾家荡产，而有的，只是在所见范围说出真相。我大概属于平庸的第三类。当然，还有很多人，他们连这个也做不到。我理解农夫对自媒体代表的邀请是基于对大部分人对真理付出程度的判断。比如我，想去看热闹，但对一个不在日常工作范围的采访，要我花几千块去一趟显然不太可能。在北京某媒体以27天67个版面摧枯拉朽的架势罗列莫须有罪名，而之前声明都被淹没时，他们也只能尽量提供方便求得有人围观他们的发言。

我退回了给记者的500块红包，是对自己的精神小安慰：我起码没拿现金，但接受了当事方的交通住宿，听起来是一件不完美的事。在那篇进入新浪微博当天前十名的现场描述微博下面，有人说：少装白莲花，你的路费自己出的？我没回答，因为当时群情激奋，正面的回应会让人们对我说的事实讲述产生怀疑。但我知道我一定会说出来的，因为撒谎会让我很难受。然而，我不会为此感到羞愧，因为我做的和我说的都是事实。

还有个小插曲，因为机票不是我订的，我看错了时间。回杭州的航班我看短信提醒看到了“11点”，当天，我就在十点前到了北京机场。到了一看，傻眼了，是9点的飞机，11点到萧山机场……本来这样的糗事我肯定会当天发到微博上自嘲，但当天我不敢发，怕人说：你看，不是自己买的机票吧……

看见 肆

KAN JIAN

chapter

62

票房毒药

第二季《中国好声音》开场的时候，大院里各台都想傍这大款，纷纷说自己是独家协办，结果发现有很多个独家。我们台把DJ点评《好声音》卖了广告，这就意味着必须当成工作来看。本来我确实想看，但一被强迫吧，就有点逆反。说真的，你说得水平很高或者念念报纸上的点评，奖金也没啥区别。当然，逆反的负作用是很大的，所以最终我还是很认真地看了。

播出前，新加入了两个导师，我曾经判断汪峰可以毒舌，因为摇滚青年嘛，骨子里总是比较愣。至于张惠妹，想不出来她会怎样，觉得她可能会无话可说。事实证明都错了。阿妹在导师的位置上和在舞台上一样热辣，对每一位选手说“我要你我要你”，天真得完全没感觉到会被想偏。而汪峰，鸡汤师一样问每一个学员：你的梦想是什么？每次那英和阿妹疯疯癫癫的时候，他冷不丁地这么一问，场面立刻冷了下来。颇有点票房毒药的感觉。

票房毒药这个词是我在大学同学QQ群里的名字，自己给自己取的。我们这个同学群是2009年毕业20年聚会时开的，一开始大家很活跃，扯东扯西的。空闲一点儿的一天都泡在上面，说些不着调的。我偶尔有空进去看看，却经常被无言鄙视。因为偶尔去看看，所以看不到聊天的前因后果，有时对明显不认同的价值观理解无能。比如有人说“你们到我这里来，我吃住全包，反正吃国家的，我能搞定”。我也不是不领情，但他公开这么说，完全没有心理障碍还是让我很纠结。我在大学里，大家都叫我小东西，说话很直，此时我就会像个不受欢迎的老太太一样插一句：你好没羞耻心啊！大家正在谈游玩细节，我这么一来，立马冷场。那次以后，我自动改名票房毒药。

我挺喜欢哈林的，我觉得他永远既准确有深度又好玩友善，五十多岁了还那么有活力。看第一季的时候我就在微博上喊：伊能静，你太傻啦……当然，伊能静也是相当不俗的女子，他们俩不知道在哪里岔开了。我觉得汪峰也是有思想和激情的，他的歌多棒！但在《好声音》的舞台上他的魅力大大不如哈林。比如开场，导师献唱，哈林唱那英的《征服》，激情表达浑然天成，汪峰唱阿妹的《哭不出来》，感觉他内心对此歌没那么激动，用我听友的一句话说是声嘶力竭的状态好像只是为了配合他的皮裤子。

说到底，汪峰也好，我也好，我们这种人就是没那么好玩，什么事都当正事来干的。上周的《好声音》，我后来听哈林也问学员：你有什么梦想？我突然反应过来，这个节目一定是要求导师时不时地提到梦想，但哈林问得漫不经心，而且是在脚踩在椅子上不羁转身后才问的。

票房毒药们混娱乐圈要学习的是如何坚持自己，又能和他人和解，更高境界是在和解中让人们最终认同了你。

chapter 63 SUPPORT

看《傲骨贤妻》的时候发现一个熟悉的面孔：America Ferrera，演过丑女贝蒂。在《傲骨》这个戏里，虽然也不是太顺，但她是个有魅力的拉美裔女大学生，不像丑女贝蒂那样因长得丑而自卑痛苦。我记得《丑女贝蒂》里有一个情节讲的是，贝蒂喜欢一个男人Henry，很不容易地，Henry也喜欢贝蒂，她因此有了恋爱的机会。

但这个机会也是坎坷的。他们互相喜欢，但在两人快要互相表白的时候有了一些误会，Henry以为贝蒂有男朋友，所以接受了回来的前女友，后来前女友还怀孕了。前女友发现Henry爱着贝蒂时就去乱搞，Henry 没发现这一点，准备去承担做父亲的责任，放弃自己的爱情。事情揭穿后 Henry 和贝蒂终于互相表白，但因为亲子鉴定后胎儿依然是 Henry 的孩子，所以贝蒂和 Henry 只有几个月的时间可以在一起，孩子出生后 Henry 就要回到另一个城市当爸爸。

美国的父母和中国的父母在这个问题上是一致的，那就是强烈反对，乖乖女也和慈父吵翻搬去和 Henry 同居，她在拒绝这份爱情很多次以后对 Henry 也对自己说：只有几个月的时间，这确实是很愚蠢的，这是注定会心碎的，但比起这份爱从没出现过，这是值得的。然后他们就相爱了。

贝蒂的父亲和姐姐眼看着贝蒂飞蛾扑火，没有跟她断绝关系，而是选择 SUPPORT——支持。不是赞同他们相爱，而是当她受伤时，支持她。后来 Henry 的孩子戏剧性地在贝蒂家的客厅出生，Henry 抱着小生命，脸上满是感动，而贝蒂和家人首先都拥抱了 Henry，祝贺他，然后，家人们才拥抱伤感落泪的贝蒂。

故事的整个过程是美国主流价值观的体现，首先，他们不会把复杂的恋情纠葛迁怒于孩子，所以孩子出生没人敢甩个脸子，就算这个孩子是女儿的男朋友和别的女人生的；其次，他们面对现实，女儿选择了这份几个月的恋情，事先没有任何欺骗，那么时间一到，愿赌服输；再次，打胎在美国社会不是一个常规选择，几年前的获奖影片《朱诺》，一个高中生怀孕了也会生下来；最后，是 SUPPORT 的概念，我觉得非常值得我们学习。每个人在成长过程中都会有在大人看来不是最优的选择，或者违反主流价值观，或者发傻，但如果她这样选择了然后受伤了，我们比较习惯的是家长责骂：你看，我当初怎么说的，你现在还有脸回来？但贝蒂的家人选择了在她失意的时候支持她，大家都尽力做让她高兴的事，哪怕之前反对她的选择，但依然选择用爱的方式跟她共渡难关。

我想在现实社会中，哪怕在美国事情的处理也不会理想化，但他们的电影电视中的处理，对 FAMILY —— 家庭的强调，对生命的敬畏，确实是他们最基础的价值观，除非违反了法律，人生选择的对和错与这种价值观相比都不在话下。

还有就是对人性复杂性的理解：因爱情而产生的软弱，因失意而导致的非理性结果，都不会被盖上“流氓”“贱人”的戳。除非未成年，除非蓄意欺骗。赢了家人朋友给个祝福输了给个拥抱，至于旁人，就闭嘴吧。

chapter

64

Will之死

美剧《傲骨贤妻》第五季，打破了男主角万年不死的定律，Will干脆利落地在法庭上被一个他正竭力为之辩护的神经病枪杀了。忠粉哀号：老子追了五年的剧啊！没有Will还能看吗？而把Will弄死的原因居然是演员合约到期，不想再续，这大概让粉丝一辈子都无法释怀。

这一集非常细腻动人。首先我们发现Will的女同事们以各种方式爱着他。他的合伙人Diane比他年长很多，但一直都是痛在一起乐在一起的。他们有共同的价值观，都很强大，互相依靠。Kalinda是律所的调查员，冷静独立，从不娇嗔。

但她过一段时间就会跟 Will 辞一次职，最后一次 Will 跟她说：别走，留下来的我喜欢的不多了。Kalinda 听了这话的表情让我相信这是她对他唯一的情感撒娇。她们两个和 Will 都不存在男女交往，但我一直觉得有那种微妙的感觉存在。所以 Will 死了，她们的表现都非常尖锐：Diane 把不给她悲伤时间的大客户赶出了办公室，而 Kalinda 想办法混进牢房怂恿那个神经病凶手自杀或者刺激他彻底疯掉。

这两个女人都是非凡的职业女性，她们在 Will 死后都说了“我爱他”，不一定是朝思暮想的爱，但一定是心里有位置的爱。她们哭泣得非常节制，相反，律所一个才来了一周的实习生哭得像孟姜女，Diane 立马请她收拾东西走人。表演式忠诚和表演式情感都是让人讨厌的吧，情到深处人孤独，或者，懂得保持肃穆，都是真诚。

女主角 Alicia 在跟丈夫有关的新闻发布会上得知 Will 的死讯，放弃发言马上离开。她和 Will 相爱，竞争，关怀，打斗，纠缠胶着，并执着地想搞清楚 Will 死前给她的没时间说完的电话留言到底是什么意思。在强烈的悲伤中她无法去接听丈夫 Peter 的电话，这大约对 Peter 也是很大的考验吧，他知道妻子已经回归，但不能肯定她的精神所属。他回家看到老婆为另一个男人失魂落魄的脸，也不能为一个刚离去的人去发火，只能问：你还好吗？ Alicia 说：我不知道。看这一集我一直在心里对 Peter 说：请把她抱在怀里，请把她抱在怀里……

那些跟我们冲撞的，让我们嫉妒的感情，也是值得尊重的吧。好难啊！我们被伤害了，但我们丰富的心应该懂得的啊！现实中有多少人，理直气壮地以捉奸的心态鄙薄你的爱人和对手，然后，就没有然后了。我知道后来 Peter 出于嫉妒也会和 Alicia 争吵，互相伤害，这都是人性，但如果你完全不能接受独立个体心中有小角落，那你会失去你的大房间。

Will 死了，Eli 和 David Lee 也在第一时间处理一些杂事，他们被指责只关注那些破事。他们说：我们也想做些别的，但这必须去做。我父亲去世时，他单位工会有个叔叔第一时间来跟我讨论追悼会的细节，我当时完全不能接受，因为根本没有接受爸爸已经离开，所以大声请他离开。这些年一直想跟 17 年前的那个叔叔说声对不起，他固然不够细腻，但我知道哪怕你极度悲伤，也需要面对这个世界。

而那些能帮助我们跟外界短暂隔离放纵悲伤的人，我们会爱上他们。

chapter

65

韩剧是教科书

有点深度的人都不愿意承认自己喜欢看韩剧，就像不肯承认喜欢看琼瑶，不肯承认喜欢看《甄嬛传》一样，在感情的迷雾中纠结，在爱的漫天大雪里寻找出路，在职场和情场中使坏被使坏，却对淋漓地表现这一切的韩剧琼瑶甄嬛嗤之以鼻，听着很不真实。尤其是听到有人说“最不喜欢看《甄嬛传》了，宫廷里斗来斗去，无聊，肤浅”这样的话时，很无语。不喜欢看斗来斗去没问题，但这不表明你内心纯洁，很可能表明你对生活无知；你从中只看到斗来斗去，不是你深刻，而是你看不懂，因为我明明从中看到了皇权下女人整体的宿命的悲剧，我觉得里面有大悲悯呢。

最近我都在看韩剧，我觉得对心灵还是有点滋补作用的。《绅士的品格》每集开头都有一小段回忆和相应的人生小总结。有一段4位大叔开车被20岁出头的小伙子追尾了，4个人按着脖子揉着腿下车，做出先发制人的样子，装模作样地打电话给警察厅长等官员权势人员，吓唬对方。对方看他们打完，拎起电话打给保险公司，并向他们道歉。这些大叔反思：不是不知道，出了事故应该和保险公司联络，但那天，我们却用了自己在20多岁时最鄙视的老旧的招术去对待20出头的年轻人，如果你，正把用常识来处理会很简单的事搞得很复杂，或是正把虚荣当成实惠的话，你也许已经变成了自己曾经鄙视的旧式人群，或是大叔，或是糟老头子。

韩剧总是这样正面，同样的花样美叔，孙红雷他们的《男人帮》很看不下去，《绅士的品格》却很能看得下去。为什么？就觉得韩剧是面上的不正经，骨子里的正经，看完你情操被陶冶了，而看国内很多剧，看着那么多自作聪明的男人和女人，是骨子里的不正经装正经，价值观混乱的人，看完很容易节操碎一地。

节操这个东西就是三观吧，我觉得韩剧三观都很正。《家门的荣光》开场就是两桩离婚事件，两个人到中年的媳妇同时坚定地要和豪门公子离婚，其实老公还是爱护尊重她们的，但因为不能只看着那个人的背影生活，那不是爱的感觉，哪怕前途艰辛也要离婚。这就是韩剧想要给人的价值观：对爱的信念和对自己的尊重。我们的剧里小三小四的还打不过来，不会因为只强调爱的感觉离婚。所以韩剧其实是精神教科书。

当然，会有人说，这种教科书只会把人教惨了。90后美女已经成人，00后也快亭亭玉立，人到中年的妇女老公每天回家已经是给你面子，还讲什么精神之爱，正好腾位子给别人，自己找死嘛。

嗯，大环境就是这样的，周围的朋友是这么劝人的，电视剧是这么跟你说的，在人生中，你得到的教导就是尽情地不择手段地利用你的年轻，然后在快老的时候忍耐认命。你因此从没有做过对自己负责的精神准备，事到临头只能束手就擒。

有听友博友对我看韩剧失望，那是他们没发现它的好。

chapter

66

我恋故我在

有个听友给我留过一段话，大意是说结婚十年了，和丈夫一切都好，不仅仅背景个性价值观成长性都契合，她在心里也非常肯定他是自己这辈子最好的伴侣。但偶尔会有些小恍惚：一生中再也没机会拥有恋爱的感觉了吗？心跳加速见到对方就想卖弄风情的感觉？不是丈夫没有魅力，而是从未知开始的互相发现渐渐靠近的那种。我觉得这是漫天的出轨最现实的心理基础：触电一样的高峰体验，是一场对自己的欲罢不能的探险，在险途中，达到人生的高潮。因此大部分的出轨，并不是想另起山头，而是想再谈一次恋爱。

作为大众产品的电视剧，当然要照顾三观，即使只播出八集就被传播得暗流涌动的全员出轨日剧《昼颜》也为两位出轨主妇安排了不完美的伴侣：一个动不动“是我养活你”，老婆发烧还坐着等她端上咖啡的大男子主义的老公，和一个无性婚姻里只关注自己美不美的丈夫。出轨理由安排妥当，清扫了一些道德上的障碍，我们就可以心安理得地全心投入地沉浸到如初恋一样的纱和与北野老师的出轨中，或者和利佳子一起被画家爬过画桌的热烈亲吻点燃。

这个剧展示了对禁忌之爱的迷恋和探讨：即使从此不能再用万里无云的心情仰望蓝天，也无法停止。日本的审查比我们松，所以姚晨和吴秀波的未婚床戏被减，而《昼颜》里的不伦之恋都滚了床单。此剧很动人的部分是细腻地描写了婚外情万劫不复的纠结。已经开了房，纱和和北野还在挣扎：从窗口看出去，如果走过那条白线的是男的，就结合（好土的词！），如果是女的，就继续做朋友，如果是火星人，就永不再见。后来走过白线的是一条狗，两人满脸失望，然后北野说，我去确认一下公母……“如果再继续下去，就无法回头了”，可是，一对成年人，难道你们开个房是来下跳棋的吗？

利佳子以前种种幽会都是给自己找平衡，不高兴不期待不奢望明天，只是让自己释放破坏性，甘心为老公洗内裤。遇到人品极差却与众不同的画家以后就不一样了，情感变得复杂。被老公没收了电话的她去打公共电话，画家说：我还没蠢到喜欢有夫之妇的地步。她在电话亭里痛哭失声。

别头头是道地分析她们是出于寂寞还是出于不甘，从而指出她们及婚外所有的感情是多么自私且禁不起推敲，抑或只是欲望。谁的感情里没有欲望没有征服没有寂寞没有自私？《昼颜》只是试着小心翼翼地跟大众谋求共识：婚外情也是情。从道德上把它踩得再扁，它们也如野火烧不尽，春风吹又生。

它们真是我们经历人生的一部分啊，我们所需要的智慧，不是勇斗智斗各种斗，而是首先要解决如何看待婚外情这个终极问题。如果只把它看成道德问题，结局就是原配当街怒扯小三衣裤，集体围观。如果认识到它是人性追求烟花之夜的灿烂，相对会有理性等待烟花落幕。有一个朋友，夫妻关系很好，散步时天真地用老公手机拍蝴蝶，发现了老公手机里的秘密。不吵不闹悲怆地沉默好几天，小三来找她说抱歉。道歉有用要警察干吗，对吧？但所有当事人都不是无知傻子，她也不想得理不饶人。她跟三儿说：其实，我对偶尔开个小差儿并没有那么严格……三儿是带着被掌掴的准备来的，没想到遇到知心姐姐。我后来问“知心姐姐”，你不嫉妒吗？她说，当然嫉妒了，对方又年轻又漂亮，但她觉得与此相比，丈夫依然更爱自己。还有一个原因，她也会有想谈一谈恋爱的时候，所以在人性的某个角度，丈夫有机会小小恋爱一下，她有心酸的祝福。

当然，很自信的女人才可以做到这样。

三儿大概是为了匹配“知心姐姐”的气场，留下一句话：我和他不会再联系了，真的就不再出现，老公也在纠结惊恐后依然回归安稳的幸福。当然这个故事并不大众，所有一切的前提是身在其中的每一位都不下流。就像拍《色戒》，导演摄影场记灯光演员……但凡现场的任何一个不是怀着对艺术和人性的敬畏，现场但凡有一点杂音，汤唯都是拍不下去的。

不是每个导演都能把电影拍到《色戒》这种程度，大量的性爱戏却依然高冷，出轨戏整出唯美也是很难做到的，除非编剧是个小学生或者主角都是哲学家。《昼颜》第八集末尾，北野的副教授妻子已经愤怒地冲上来把纱和打翻在地，而刚刚痛苦地说了分手的纱和被打了耳光后眼神开始变得倔强。我不知道剧情会如何发展，但眼看着正面战争就要打响了。

哪怕小清新得像花朵，克制得像天使一样的婚外情，终究还是伤害。凡俗人世的一切，也许终将不可避免。

chapter

67

广告奥斯卡

网上看韩剧的时候，正片出来前广告跳出来，是个挂烫机的广告，说“对品质的追求，让我们成功走上国际时尚舞台”。你要说这联想有错吧，也没有，只是一个家用挂烫机要扯到国际，还舞台，说明大家都志向远大，还说明，大部分中国人除了上舞台，基本都不烫衣服的。

在大街上经常看到一些养眼的，前看后看左看右看都好看，就是不能近看。走近了一看，T恤衬衫皱皱巴巴，明显刚从柜子的一堆衣服中抽出来的。在电梯狭窄的空间里，这更是无法忽视的一种不适。我有一次看到一个做事踏实，长相帅气的正处于上升期的大院同事，穿着一件皱得跟一团咸菜似的白衬衫，我的心小抽一下，觉得这种错误不应该出现在一个看上去是个绅士的人身上。冯小刚最近有点背时，但他说徐帆最打动他的其中一点是她可以把衬衫折成商店里新的那个样子，这个细节还写进了《非诚勿扰》的台词，我对他这个描述很认同，他说他因此感受到体面。

如果挂烫机的广告由我来设计，我一定会按“体面生活，从整洁开始”的思路。当然，我不确定这种青衣套路，急吼吼要登上各舞台的老板会不会认同，也不确定因为抗生素打多了通常需要猛药的众多消费者能否理解到其中的真诚。

还有一则广告：我就是喜欢奢侈品，不是虚荣，而是在意品质，生活要有品质，就像我对男人有要求……听完我的感觉就是要求这要求那的，他奶奶的你还是先对自己有要求吧。

昨天看到一条：“买一座豪宅，少奋斗十年。”我压根儿没看懂，后来高人指点，说，这说的是圈子，在豪宅的圈子里，你就有了人脉。广告已经比政治还阴险了。

要骂这些广告无良文化吧，他会辩解：这就是中国。中国潜规则盛行，广告教你顺应潜规则；中国人喜欢摆谱，各国管家从物业一直监控到你进门，比老婆还亲近；中国做事靠门路，广告说“我不和没路子的男生约会”；中国不成功就下地狱，广告给你雪上加个霜“人生总要有一套别墅”。

在这个时代，太多的自以为聪明，丢弃了品质之根本。

前几个周末，我去买菜，路上看到一个广告牌，是房产广告：寻找与山生活的方式……我特欠扁的第一反应是：是长眠吗……其实我没看清是哪个楼盘的，就觉得替文案着急，我大概知道他想说什么，但着急啊，怎么也说不清楚。我把它写到微博上，本意是开个玩笑，没想到圈来圈去的，反正是跟这广告有关的人@到我们领导那里去了，让他来看看，看看，那架势就是要不付广告费或者先把我镇压了再付的样子，没劲。

我们台的营销部想做一个广告奥斯卡的活动，我说，还是别做了吧。广告压力这么大，那些节操碎一地的我们是歌颂还是不歌颂呢，他们会拿钱砸我们的，砸中了我们也节操碎一地了。还是半梦半醒吧。

chapter

68

标签人生

已经成为标签啊STYLE啊的东西不太好轻易去评价它，一评价就被归了类，比如王家卫，比如《一代宗师》，电影一出，我相信很多人在出声前是小心翼翼的，一会儿怕被人说装逼，一会儿怕被人说浅薄庸俗不懂大师。有些小文化的人都是很累的，其精神本质上是要投靠的。

我尽量真实地还原我个人的感觉吧。我在前半段差点睡着，男人们打来打去我觉得挺烦的，他们都觉得自己很正义很有力量，导演大概也觉得这是男人们的张力，所以拍的是在雨水里打架，脏脏的贱贱的水花被拍得像水晶一样，跳起落下，跳起落下。那瞬间，我觉得男人的世界真幼稚，武力的互相侵犯在他们心里如女人心里的爱情一样美。

用不着事后补课说这一段说的是民国的谁谁谁，当时怎么样怎么样怎么样，电影拍到这个份上，主义历史什么的都虚了，就是个人。

武术的花架子和燕窝养颜一样，都是传统文化中不能当真的东西，所以，我喜欢那种很儿科很戏谑的展示。比如83版《射雕》，蹲个马步，两手一推，降龙十八掌……轰！看童话一样，只是看个想象力。一本正经特深沉特高人地来，有点吃不消。整个电影让我笑出声来的是赵本山给梁朝伟点烟，大鹏展翅一样，据说是双方在互探实力，真是泥巴玩得很带劲。

我问自己，李安也是竹林玩花架子，飞来飞去的，为什么不反感？我想了想觉得自己比较认同李安对人性的表达吧。讲叛逆，讲束缚，讲恐惧，讲自由，讲的都是人性。因着同样的理由，我比较喜欢《一代宗师》里章子怡的角色，看完电影我居然就记住了她的三句台词："我只图一时，不图一世。"马三杀了她爹，族里人不让报仇，说要顺应天意，她说"我就是天意"。另外一句就是著名的"世上所有的相遇，都是久别重逢"。哦，还有一句"我心里有过你"……大师在子怡这个角色上回到了以前，但也只是局部回到从前，并没有什么新意。而大师在子怡脸上唯美的静止镜头依然让我觉得用力过猛。

唉，其实我很少进电影院的，这次去看也是别人给了两张票，找了个大学同学一起去看。她之前已经看过一遍，之所以想再去看一遍，一是因为没看懂的地方去看看懂，二是她周围的人都在说“这是2012年最好的电影，没有之一”，而她的感觉很茫然，所以想听听我的感觉，看我们是否能互相投靠一下。

我在微博上诚实地说了自己的感受，有一些人在评论中表达了如释重负的感觉：真的怕自己没水平呢，幸好你也……我想，在某一些听友博友的小范围内，某种程度我也是个小标签了，人们在发言前会期待看到我的意见。这并没有给我成就感，而是更觉得诚实地表达自己是一种责任，如果我们的精神只想投靠而不敢表达，那是悲哀的标签人生，和那些背LV才能踏实的人是一样的。

chapter

69

私人订制

《私人订制》的开场戏“宁死不屈”一出来，我坐在电影院最后一排，就想吐了。恍若隔世，感觉王朔和冯小刚在深山老林里和世界隔绝了 20 年。两个苍孙仗着老名望拍了个过时的片，胳肢了人们半天，人们没笑，他俩反而骂人了。冯导受不了，连夜发七条微博，然后在次日早上，说自己爽了。

我觉得他这辈子爽不了了，他的时代庄严地过去了。他从嘴贱骂人，不服叛逆出道，20 多年，这一套让他名利双收，现在他已在庙堂之上。奖虽然拿得不多，但早就是一方霸主。他最喜欢做的是带着霸主的笃定笑容，在各电影节、颁奖会上扮演一个因和主流对抗而被压制的角色，他想表现因此他是个最接地气理解大众的导演，他对所有的奖都怀有傲慢，他的底气是票房和大众的欢笑。可这次，票房还是有，但大众却不再鼓掌，各论坛评分非常低，很多跌出了五分。为防得罪太多，他把气撒向了影评人，其实他错了，喷他的都是普通大众。这部电影唯一的诚意是宋丹丹被点歌送生日祝福时的眼泪，但这份诚意是宋丹丹的本色表演达成的。

说冯导投机好像不太公平，但他的成名过程还是很顺势的，当然他会略微哽咽加暴跳如雷地说：你丫懂个屁，我在审查过程中受了多少委屈侮辱什么的。这不是不对，但他一定不是最委屈的那个，而他得到的一定大大超过委屈。我说他顺势的意思是他不算天才，只能算是个比较机灵的人，及时抓住了那些已经被否认的东西：假正义脸谱化什么的，刚好又赶上人们见识不广又不是太机灵的年代。放到今天，他的机灵还真不如微博红人留几手。

他真的已经过时了。已经到了人艰不拆的年代，他还在用力很猛地批判着那些无趣也无害的装腔作势；已经到了人们想穿着正装去殿堂听音乐的追求体面的年代，他还在批判着所谓的高雅，把高雅整成大导的对立面。他对贪腐的批判最后归因于被群众拉下水，我知道他会摆出生存不易的表情，说否则通不过。但这只不过是他弱于对现实和人性深度探究的遁词。即便无法追究到赤裸裸的制度层面，至少可以达到染缸这个深度。

当然，如果冯导对观众拱拱手说：只是个小品，多包涵，人们可能也就算了。可他一直沉浸在只要他恶心自己，就能成全别人的智力幻觉中，当大家看了以后觉得是自己被恶心到了后，他像个精神瞬间遭受重创的人一样，疯了。

冯导现在成了他二十年如一日不依不饶去讽刺的人。我一大学哥们，在电影上映前几天特兴奋，因为他的箱包被植入了《私人订制》，他等着电影上映推出他的高端定制箱包。看电影时我拼命留心，看到了 4 个主角拉着箱包出现在机场，有一个箱包的斜背影，但我这样的知情人都看不清是谁家的箱包。我不知道哥们花了多少钱，但我相信冯导会一边心里笑着这些一掷千金的企业家，一边为植入了 8000 万在睡梦里笑醒。

chapter

70

北京爱情故事

我的一些同事去看了《北京爱情故事》，看完在朋友圈发了一堆剧照：献给所有曾经逝去、正在拥有、即将发生，却从未离开过我们的爱情。然后带着哭腔微信我：你一定要去看！然后我就去看了，抱着一桶网上团购电影票送的哈力克走进了电影院。

这个电影其实讲了各种纠结。中学生的少年之恋是纠结，刚刚在公车上互相试探地牵一下手，马上，女孩就被父母送到英国读书去了；屌丝要和女神结婚，送2000万房子的富豪出现了；实践着男女开头激情后来亲情中间都是婚外情的男人受不了老婆要离婚的决定；假装偷情才能刺激出感觉的中年夫妻，最后还是要靠伟哥；去日无多的老太太为丈夫张罗下一任，却在他们约会时魂不守舍。

很多人都为最后一段哭得抽筋，斯琴高娃演的老太太让大家见识了无私之爱。一开始我还以为这老太太真是老头的表妹，一个接一个给老头介绍对象，直到老头终于同意和气质出众的海归姐姐约会看电影。老太太随后表现出失神，浅度吃醋，我才发现两个原来是夫妻。胖成那样的老年妇女问老头：我们有多久没那个了？论年头喽！抱抱我，就抱抱呗！这段让人挺心疼的，爱情真的不是外貌协会的，无论老还是不漂亮，爱的心都一样；无论你的爱有多无私，你依然会嫉妒，会为爱受煎熬。我想起好早好早以前看过的一个电视剧，妻子瘫痪了，丈夫一直不离不弃，闺密也经常照顾她。后来，她促成丈夫和闺密在一起，并且拒绝和他们住在一起，被他们照顾。她说：我不能接受和你们一起生活，我会嫉妒。

刘嘉玲和梁家辉这段也挺有感的。一开始我觉得刘嘉玲出场怎么那么做作啊，后来才知道本来他们就是在演戏。结婚20年了，假装偷情，跑到希腊。两人玩真心话大冒险，当问到有没有出过轨时，被女儿的电话打断了。最后梁家辉不问了，说，过去的事，不需要说。我觉得这段的海报“你厮守着秘密，我厮守着你”非常动人，包含着爱最强大的力量：懂得和包容。在漫长的一生中，我们都会经历也许并不痛彻心扉，但足够让人茫然的平淡麻木和重复，坚守中出点小意外，是否一定要摧枯拉朽地去粉碎？虽然不可能你快乐所以我快乐，但你快乐，我理解，并忍了还是有可能的。当然，大部分的人即使可能做到像哲学家一样思考，也做不到哲学家一样冷静，夫妻之间，一般都威胁出事剪小鸡鸡。

家长和老师都在抓捕早恋时，电影中的少年之爱，清新得完全不输台湾电影。少年之爱都是以望着背影收场的，因为那是“你望着世界，我望着你”的时光。特别无力，又特别勇敢。我们不会爱一辈子，但那是，一辈子爱情的起点。

chapter

71

致青春

《将爱情进行到底》里面有个情节，毕业10年后的同学会上文慧和杨铮又相遇了，在同学的起哄下去开房。两人去的时候没犹豫，进了房间开始激情，可是被警察当成嫖娼叫进去讯问了。这大概是影片最不堪的画面之一。我看电影的时候很替他们惋惜：为什么找个恶心的小旅馆呢，为什么不到饭店呢，钱要用到刀口上……

其实，哪怕没有警察临检，他们也未见得能完成这个过程。我这次去北京，和某青春吃饭，说他们班同学会，也起哄让当初的一对去开房，确实也去了，但进了房间，一开灯，两个人就傻了，不知道怎么进行下去。激情并没有想象般到来，如果一定要做，最多就是互相给个面子。然后觉得还是算了吧，让记忆就停在原来吧，否则，可能连记忆都保不住。

这就是赵薇的导演处女作《致我们终将逝去的青春》里最后的台词：青春是用来追忆的。什么东西具备诗一样的可追忆的条件？一是热烈的激情，一是无力感。青春好像就是由这两种东西构成的。看这个电影的时候我觉得很多热烈的女人都像郑微，被人逗不过瘾似的，喜欢主动去逗那种外表蔫儿的有主意的闷骚男，看他们因为自己的明媚而变得有表情就觉得很幸福。有个博友说，大学里处处都存在那些昨天喊着“你神经病啊”，隔天就被搞定的男人。让这些男人的人生出现一厘米的误差，是一件好灿烂的事。

但郑微还是被“人生是一栋只能建造一次的楼房”的陈孝正伤了，他为了建造这幢楼房，舍弃了和她的爱情。其实这样的事在毕业前夕比比皆是。我的两个好友在最后一个学期明知没有未来却开始恋爱，互相保证半年后分手。男的可以，女的不行，不行也劳燕分飞，分飞了女生还是不能释怀。男的为让女的死心，再找女友。几年后女生结婚前打电话给我：帮我问问，还有没有可能？我说，没有。我答完她结婚去了。

我真的理解这一切，理解陈孝正的放弃。这个世界对男人和女人一样残酷，如果你没把自己活好，结局不会有诗意。而很多年以后我们能坚持什么，是因为已经积累了力量。

因此，青春，是这样一个让人泫然欲泣的阶段：你想不顾一切地投入燃烧的激情，你想抓住和你拥抱的人，但，你抓不住。所以，你会永远怀念失去的那个安妮。事实上，那已经不是安妮，那是你人生最初的苍老。所以，哪怕十年二十年以后，你也不能跟安妮去上床，否则，就一地鸡毛了。

我每年做一场“20年的青春和往昔”音乐节，大家在大合唱中哭哭又笑笑。我在台上问过来参加的人，这20年，你们做过坏事吗……台下很多个声音回答：做过……我像个幼儿园老师一样问：以后还做吗？众人一起答：不做了……当时我眼泪就下来了。

在北京参加那个被称为刺刀见红的新闻发布会后，我写了长长的事实报道，有很多人夸我称职有勇气。

我问自己，为什么可以？后来想明白了，那是因为我永远活在青春里。

chapter

72

偶像的意义

《后会无期》开始放映，我去网上订票，发现很多场次已经没有了。电影院，一拨拨的年轻人排队进入影厅，是我今年去电影院看到人数最多的一次。电影结束字幕放好一会儿，朴树的歌才出来，搞卫生的清洁员已经进来收拾，还有不少人站在那儿直到字幕出完最后一个音符收声才离开。一般的电影，人早就走光了。这就是韩寒的魅力。

韩寒是以写作成为大偶像的，这在国内绝无仅有。他超强的悟性和独特的言说方式，他选择的对权威的解构，引发话语的狂欢，使围观者得到释放。在他的博客时代，他几乎所向披靡，甚至对他曾经热爱的郑钧和高晓松，也绝不客气。他说人人都在装，装像了装圆了，成为传说中的性情中人，没装好，卡在那里了，郑钧就是卡门。他有嬉笑着把人噎死的本事。年轻人看他是跟看武林高手差不多的，无数人站在城墙下，看城墙上的少年侠客嬉笑中凌厉出招，以一当十，将对方挑落城下。那些颗无力郁闷的心哟，爽翻了天。从此，偶像走哪儿跟哪儿。

陈奕迅要来杭州开演唱会，我的两个徒弟一个每月赚2000，一个还是实习生不赚钱，但一开票就去排队，一人买一张最好的票，1880元。我问她们花痴的原因，她们说，好像在某一个时刻，某一种心情下，突然听到他唱：从背后抱你的时候，期待的却是她的面容，说来实在嘲讽，我不太懂，却渴望你懂……当然还有十年以后我们还是朋友，只是那种温柔，再也找不到拥抱的理由。他成为偶像是唱到了你的心里，唱出了你内心深处自己说不清楚的感觉，因此陪伴了你的人生。所以偶像，是你心灵的代言人。

我也曾经有偶像，三毛。在我青涩自卑单调忧伤不敢造次的青春岁月，她长裙飞舞，浪迹天涯，自由随性，豁达洒脱。她几乎向我打开了一扇窗：原来生活是可以这样的，完全是精神深处的鼓舞和震撼。那时希望她一直这样走走写写，展现我所不知道的丰富，这样，前方就一直有一盏灯，跟着她就不会迷路。可是她突然以一条肉色丝袜自缢身亡，这盏灯就这样灭了。那时的感觉就是，以后的路要自己走了，没有偶像可以依靠了。

也许从某种程度上，偶像的崩溃是TA最本质的意义。如果偶像成为神话，你的自我就建立不起来。很多的韩粉也有这个过程。在快意恩仇的博客时代后期，韩寒写了“韩三篇”。大家猛然发现，他在其中表现的只是一个80后青年的率性和直觉，完全够不上知识分子对这些问题的痛苦反思。这在他是很真实的，但对于一部分忠粉来说，他们开始明白他无法完全承担引领你思想的重任。这种发现同样是积极的，因为你仰慕偶像，但开始和偶像平等对话。

当偶像把你带到一定的高度，你丰富的心更有感受和思考的能力了，然后，你开始成为自己。

chapter

73

手足无措的羞涩

最近编剧宋方金和宋丹丹打起了口水战。宋丹丹说拍戏不是拍剧本，国外拍戏往往只是个故事梗概或大纲就拍了。故事不是你编剧坐在屋子里就可以一个人讲好的，需要编剧、导演、演员所有人一起创作和丰富。编剧们齐抗议，宋方金写了很长的文章来讨论这个问题，其中写到一点：宋丹丹在面对花美丽这个角色的时候，没有卑微感，没有戏剧感，只有取之不竭用之不尽的优越感。她对这个人物是颐指气使的。她把生活中的“你干吗呀你”“神经病吧你”“真够逗的”“真成”等口头禅一并带给了角色，而且带给了她饰演的几乎所有角色。

网上有个问题：某演员无论演什么都像同一个人，你最先想到的是谁？众人的答案集中在张铁林啊，陈道明啊，孙红雷啊，一些霸气外露的男演员。确实如此，很难想象他们能像汤姆·汉克斯演智障，把阿甘演得那么纯粹。他们是蹲不下来的。当然也很难想象他们如西恩·潘。

西恩·潘是好莱坞著名的坏小子，脾气暴躁，当年与麦当娜的婚礼上，他对着媒体掏出猎枪；婚后他又因为频频对麦当娜施以老拳而导致离婚收场。因为对他的坏很有准备，所以看到他在《米尔克》里，对有好感的同性展露兰花指和羞涩的笑容的表演非常感动。我以为人们成了大演员以后都会膨胀，找不回最初的卑微了。我最近在看的美剧《傲骨贤妻》里有一个政客的竞选经理伊莱，竞选这潭水蹚过，什么没见过？但他喜欢一个墨西哥裔的女子，各种慌张无措胆怯，演员也是得大奖的，就是能迅速回到那个羞怯无助的状态。

2005 年的超女，李宇春夺冠，她问评委常宽：一个歌手最重要的是什么？常宽说：坚持自己最初的梦想。最初的梦想，或者，人生若只如初见，这些都是在强调一无所有时的那种纯粹吧。在非常低的起点，所以有着一点就着的热烈，有着无法掩饰的欲望，有着不敢造次的慌张，有着不笃定的谦卑。这些都是伴随普通人性一生的东西，应该是创作者不能忘记的心理体验。

这就是所谓的同情吧，因为同情自己的曾经而同情别人，同情这个世界。

chapter

74

世界杯：让我们失态吧

世界杯一到，各媒体都想搞点高潮出来。有关世界杯，大家也知道，球不是高潮，借着球发疯才是高潮。有纸媒看得起我，请我写世界杯专栏，一天一篇。我说我不懂球哎，好不容易才从理论上搞懂什么是越位，真踢起来也还是看不懂的。对方说，没关系啊，可以侃八卦侃其他跟足球无关的东西，比如谁的发型好看，谁的身材有型……可是，在这方面，我又觉得自己不够花痴。偶尔也嗨过，很早很早以前，看孔令辉打球，他赢了一把脱了衣服，往外一扔，直接躺地上，当晚我就梦见他了。如果我看球，想看的就是进球后球星们像野兽一样奔跑号叫的样子，挥汗如雨的雄性气质，但我又没耐心看他们整场来来回回没进账。所以，我是不配享受那些充满力量和激情的足球明星的，我没那么投入地跟进他们的输赢和爱恨。想了想我只好推了足球专栏，我怕我为了几块钱稿费去假嗨。

如果没有专栏的压力，跟着起起哄也是挺有趣的。我的徒弟陈周今天问：世界杯要开始了，请问怎样才能装出经常看球的样子？有人回答：记住几个名字就行，特别是没去的那些球星，表示一下失望……你看，装逼是个技术活儿。相比之下，我的回答就很犯傻，我说，你可以穿个草裙到看球的大排档去跳足球宝贝舞……旁边一个很冷的声音响起：足球宝贝们好像从来只摆姿势，不跳舞的，你说的那是 NBA……

这次是在巴西，跟我们日夜颠倒，不是真球迷估计没那么深情场场不落，对真球迷也是个大考验。网上有卖医院病假条的，价格 10~300 元不等。半夜有球赛的工作日共 14 天，至少要请 14 天假才能饱赏整个世界杯。肯定有人这么干的，人生总要吸点毒，吸海洛因犯法，这些都是不要碰的好，能碰的毒也就是爱情和足球了。

网上有伪球迷速成手册，你只要在人群里很高冷地问："知道世界杯哪场比赛裁判出示红牌数量最多吗？"然后很高冷地回答："2006 年，葡萄牙 1：0 击败荷兰的比赛中，主裁判伊万诺夫一共出示 4 张红牌和 16 张黄牌。"你就可以在真球迷这里横着走了，因为这段回答，融合了经典比赛、数据、裁判名字等要素，相当专业了。

这是好学生的套路，还是顺着预习复习背诵这个流程。其实，世界杯早就庸俗到瞎起哄就行的阶段了。2006 年世界杯，央视派了个沈冰，表示和 70% 的伪球迷心心相印。我个人觉得不是太有意思，虽然我们不懂，但还是喜欢被真激情带领，黄健翔这样的声嘶力竭：点球！点球！点球！格罗索立功了，格罗索立功了！不要给澳大利亚人任何的机会！至于阿根廷输了，《阿根廷别为我哭泣》一放，大家掉点眼泪完全是无惊喜的普通释放，根本不需要比我们还放不开的沈冰来带领。

我在世界杯上最想看到的是男人的失态：进球，输球，解说……男人们是野兽和受伤羔羊的瞬间。

chapter

75

向荷尔蒙致敬

世界杯开赛那天我的同事陈周破天荒地穿了件蕾丝透视装来上班了，一个肩带滑在肩膀下面。要知道她平时是个永远T恤牛仔的高个女汉子，向阳花义卖邮寄包装材料一大捆扛起就走的那种。而且她只不过是个伪球迷，但周星驰不是说过跑龙套也要专业吗，经常要看《演员的自我修养》吗，起哄也要专业的吗……所以她以这样的装扮晚上去混酒吧。有人不以为然：看个球至于吗？目的何在？我说，目的就是向荷尔蒙致敬。

世界杯，场上场下不就是荷尔蒙的气息吗？场上冒着热气的男人，场下脸上画着国旗的女人，酒吧里的酒精和欢呼，大街上的号叫和桑巴，一切在平时显得夸张的事在世界杯上都理所当然，就像穿着比基尼招摇过市会招来警察，而在海滩上你穿着连身泳衣倒像个外星人了。尽管人性一直在谋求更解放，但这些沸腾的时刻告诉我们，我们的荷尔蒙如火山一样潜伏，遇到板块挤压就会喷涌而出。

我一个朋友，女的，47，找了个男朋友 28。大家都觉得不靠谱，我倒不这么想，谁能保证同年龄就是靠谱的呢，对吧，但也会好奇沟通会不会有问题。两个年代的人，你尘埃落定，他刚刚开始，人生不在一个阶段。男大女小还好，毕竟社会公认的准则是女人的青春通吃，女比男大这么多，人们都会替女人恐慌。她跟我说：找不了老的，我们这个年纪的男人要么浑浊，要么胆怯，要么精明，原始冲动可能也会有，但不是那种清澈的原始……

嗯，要原始，还要清澈，呵呵。我最近在看一部韩剧《密会》，讲的是一个 40 岁女人和 20 岁男人的爱情。女人是高级白领，但也会受老板的气，韩剧中的坏脾气女老板是玩着玩着就把一把麻将牌砸你头上脸上的那种，打个耳光也是常事。20 岁的男人没想到钢琴老师兼心中的女神有这样屈辱的处境，目睹了老师被当众抢白后一直感到很痛苦。他觉得自己很没用：电影中的男主角这时不是应该上去一把掀翻桌子吗？他默默地流泪。爱的感觉就是这么慢慢来的，它是一种柔软，即使无助，他也会为你的痛苦难过哭泣。这是年轻荷尔蒙中的本能吧，换一个历尽坎坷的，会告诉你社会就是这样，你在食物链中，承受着压榨，换回你想要的，念一些心灵鸡汤给你。可是这些鸡汤你自己也会熬啊，你需要的是心疼，需要他为你难过，而且你希望这些感性是出于本能，即使莽撞，而不是技巧。

所以人们会热爱世界杯，对于大部分人来说，它并不只是个球赛，它是荷尔蒙的一个集结，是最简单的竞技和释放。英格兰队员穿着灰色的西装出现在机场，在舷梯边的照片就像是上场前的定格，好像宣布，这是最后以人的面目亮相，接下来脱掉西装就变成野兽了。在这群野兽的拼杀中，我们那个不设防的自己，热烈得如同初恋。

感谢大家阅读，

请关注鲁瑾发起的向阳花儿童医疗救助基金。